Para Continuar

FELIPE COLBERT

Para Continuar

Novas Páginas

© 2015 Editora Novo Conceito
Todos os direitos reservados.

Nenhuma parte desta publicação poderá ser reproduzida ou transmitida de qualquer modo ou por qualquer meio, eletrônico ou mecânico, incluindo fotocópia, ou qualquer outro tipo de sistema de armazenamento e transmissão de informação sem autorização por escrito da Editora.

Esta é uma obra de ficção. Nomes, personagens, lugares e acontecimentos descritos são produto da imaginação do autor. Qualquer semelhança com nomes, datas e acontecimentos reais é mera coincidência.

1ª Impressão — 2015
Impressão e Acabamento Intergraf 020715

Produção editorial:
Equipe Novo Conceito

Dados Internacionais de Catalogação na Publicação (CIP)
(Câmara Brasileira do Livro, SP, Brasil)

Colbert, Felipe
  Para continuar / Felipe Colbert. -- Ribeirão Preto, SP : Novo Conceito Editora, 2015.

  ISBN 978-85-8163-795-2

  1. Ficção brasileira I. Título.

15-05393   CDD-869.3

Índice para catálogo sistemático:
1. Ficção : Literatura brasileira 869.3

Rua Dr. Hugo Fortes, 1885
Parque Industrial Lagoinha
14095-260 – Ribeirão Preto – SP
www.grupoeditorialnovoconceito.com.br

Parte da renda deste livro será doada para a **Fundação Abrinq**, que promove a defesa dos direitos e o exercício da cidadania de crianças e adolescentes.
Saiba mais: **www.fundabrinq.org.br**

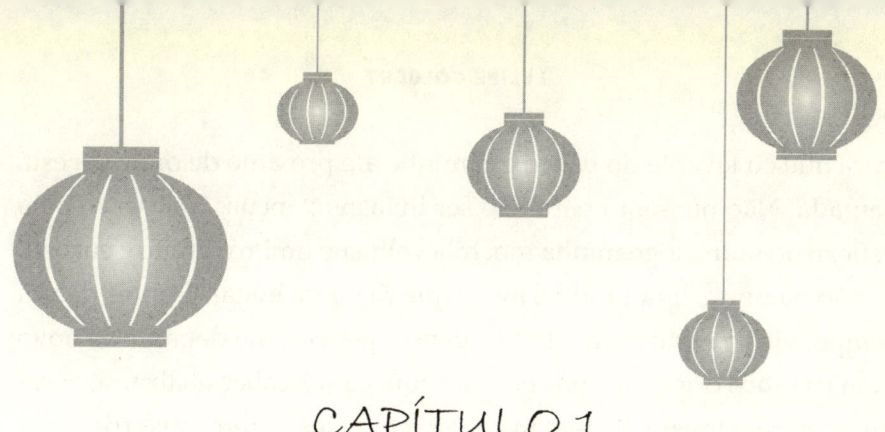

CAPÍTULO 1

Cinco minutos antes de chegar ao meu destino, continuo hipnotizado pela garota que está sentada do lado oposto do vagão, de frente para mim. Tenho sorte de pegar o metrô da cidade de São Paulo nesse horário, quando as composições já receberam e expulsaram um mundaréu de gente, por isso, não há nada que impeça a minha visão de ser clara: é uma jovem de aparência oriental, com cabelos negros e longos, magra e que veste roupas comuns. Estou certo de que é descendente de japoneses, embora os olhos sejam menos puxados do que o normal. Nunca tive dificuldade para diferenciar os povos asiáticos, ainda que minha família esteja longe de ter qualquer ascendência do lado direito do Meridiano de Greenwich. Para mim, parece fácil identificá-los, mas não importa. Nesse instante, sinto que aqui está a razão pela qual eu finalmente declararia guerra à minha vida tediosa e limitada. E, como se correspondido, a garota me encara por um ínfimo de segundo e abaixa a cabeça quase tão rápido quanto o giro completo das rodas do vagão em que estamos. Sem dúvida, ela é tímida. E eu, bastante irresistível.

Certo, a segunda parte é mentira. Embora eu tenha acabado de completar vinte anos de idade, ando como um adolescente, com um cabelo nada curto e despenteado, camiseta de malha, calça jeans rasgada, tênis descolado e tenho uma tatuagem tribal no braço. Aliás, confesso, sou tão tímido quanto ela, mas o meu cérebro reage de forma inesperada e o gesto da garota me dá uma dose de oxigênio extra para que eu levante do banco e caminhe até próximo de onde ela está sentada. Não me sento para não ser invasivo; apenas a observo pelo reflexo no vidro, jogo minha mochila velha no ombro direito e encosto a mão na porta, ignorando o aviso que diz para evitar. Depois de um tempo, viro o rosto para o lado e penso que vou me deparar de novo com os olhos orientais, mas ela continua com a cabeça baixa, seus cabelos extremamente lisos e que escorrem pelos ombros magros.

O metrô desacelera num tranco. Num reflexo, seguro no ferro de apoio para não passar a vergonha de cair estatelado. Não é o tipo de atenção que desejo chamar. Aliás, se eu fosse mesmo irresistível, nem precisaria disso. Então, antes que o trem pare, desobstruo a porta para que as pessoas atravessem e me parece uma boa desculpa para finalmente me sentar ao lado dela.

Quando me acomodo, observo-a de esguelha. A garota tem a pele tão clara quanto a minha, como posso notar agora, pela incidência da luz do teto do vagão sobre nós dois. Imagino milhares de motivos para tentar um contato, mas tudo que penso em dizer parece forçado demais. Estou nervoso, não consigo me ajeitar no banco e tenho certeza de que ela está notando o embate dentro do meu corpo. Aliás, tão explícito que qualquer um notaria.

A porta se fecha e o trem volta a se mover. Deixo escapulir a melhor palavra criada pelo ser humano em todos os tempos:

— Olá.

Me parece melhor do que um "oi", afinal, possui uma letra a mais, porém não surte efeito, pois ela continua a me ignorar. Então escuto um ruído baixinho, muito leve, e noto que ela está usando fones de ouvidos, quase imperceptíveis, por baixo das mechas de cabelo. Gostaria de identificar a música (talvez *esse* fosse um bom motivo para iniciarmos uma conversa), mas é impossível.

Antes de me dar conta do que estou fazendo, toco de leve no braço dela.

Os olhos-de-personagem-mangá voltam a me observar.

— Desculpa... o que está ouvindo?

Para Continuar

Eu gesticulo como se ela fosse surda. Patético, porque minha pergunta é justamente sobre o contrário. Ela não sorri. Abaixa a cabeça outra vez, mas vejo seus olhos escapulirem para a mochila desbotada que está agora em meu colo. Não me recordo o dia exato, mas Malu, minha ex-namorada, fez uma marcação à caneta no tecido emborrachado, com meu nome abreviado em letras garrafais, "LÉO", dentro de um enorme coração. E eu me toco, pela enésima vez, que deveria ter comprado uma mochila nova há muito tempo.

O sistema de som anuncia a estação Liberdade, e a garota ao meu lado se mexe. Parece que não terei muito tempo.

Pense, pense, pense.

Vem a surpresa. Ela pega um dos fones de ouvidos e encaixa com delicadeza na minha orelha esquerda. Seus dedos tocam minha pele, e eu arrepio como um gato encurralado num beco, enquanto minha mente dá uma cambalhota. Ouço uma música oriental, com palavras indecifráveis, mas que tem um som melodioso, bastante calmo e tranquilo, diferente do ritmo acelerado que assistimos em karaokês ou boates japonesas nos filmes. Não compreendo nada, mas durante alguns segundos permaneço anestesiado pela música, inserido em um nirvana que faz com que eu me esqueça de todos os problemas que envolvem minha vida, e eles são muitos. Depois, sou despertado pela mesma mão de antes, que retira o fone tão suavemente quanto o colocou e retorna para debaixo das mechas negras e compridas.

O trem para. Ela se levanta e atravessa a porta, apressada.

Não sei definir direito o que acontece em seguida. Talvez eu devesse ir atrás da garota, mas minhas pernas continuam presas em algum lugar no tempo em que passamos lado a lado, tornando tudo que está acima delas incapaz de agir. E quando eu as recebo de volta, já é tarde. As portas se fecham e eu vejo a garota de origem japonesa ir embora, sem que eu saiba sequer seu nome ou tenha escutado sua voz.

— Ainda não obtivemos o resultado esperado.

Esse é o tipo de frase aceitável se dita por muitos tipos de profissionais, mas quando seu médico cardiologista fala depois de avaliar e recolocar os resultados dos seus exames dentro do envelope... bem, não é o desespero que preenche o ar do consultório. É o meu desânimo.

Sei precisamente o que eu tenho. A minha doença possui o nome desconjuntado de *cardiomiopatia dilatada idiopática*, uma insuficiência no músculo cardíaco para bombear o sangue de forma natural. A palavra idiopática significa que a causa é desconhecida, e isso não é tão incomum quanto eu imaginava. Por questão da doença, não posso fazer qualquer tipo de esporte, luta marcial, levantar peso, dançar por muito tempo, correr atrás de um cachorro ou até mesmo tomar um susto muito grande. Se for a um parque de diversões, tenho que agir como um garotinho sem altura para entrar na maioria dos brinquedos. Não é uma informação garantida, mas imagino que vivo sob risco de morte a qualquer momento. No meu caso, nunca sofri um coágulo sanguíneo, o que poderia obstruir uma artéria e causar um derrame cerebral — e isso me faz pensar que essa foi a única sorte que tive. Essa manifestação dentro do meu peito começou na adolescência. O mais engraçado é que, até sentir o primeiro sintoma da doença, eu me achava completamente normal. Agora, sou um mutante de histórias em quadrinhos, cuja vida se transformou por um acaso do destino — mas sem ganhar nenhum poder específico. Chega uma hora que pensar nisso tudo cansa, e você quer desistir, mas continua a transparecer ironia. Aí, você expõe:

— Ok, foi um prazer conhecê-los!

Meu pai, Nelson (tenho certeza que meus pais têm os nomes ideais para as profissões deles), sentado à minha esquerda, ignora meu comentário.

— Qual é o próximo passo, Dr. Evandro? — pergunta com a voz oca, mas sem chegar a embargá-la. Aos cinquenta anos de idade, mantém o tamanho de um touro e demonstra a serenidade de sempre. Mas eu sei que, no fundo, além de um enorme gozador, ele é frágil que nem manteiga.

— Tudo bem — interrompo —, guardem o champanhe e as bexigas que trouxemos para a próxima consulta. Se eu estiver vivo até lá, é claro.

— Filho, esse não é o momento — sugere minha mãe, Suzy, com tapinhas no meu joelho direito, sentada do lado oposto ao meu pai.

— E quantos momentos eu terei daqui para frente? — pergunto sem desviar os olhos do médico, ou melhor, da aliança dourada que ele usa, a maior que já vi no dedo de alguém. Além disso, tem um porta-retrato de sua família feliz e perfeita na estante atrás de sua cadeira, que me incomoda bastante sempre que venho aqui.

— Leonardo César, nós já conversamos sobre isso. Ainda é muito cedo para você ser considerado um paciente refratário ao tratamento clínico. Até o momento, sua doença está controlada — diz Dr. Evandro, mas sem convencer muito.

— Que pensamento agradável — digo.

No dia em que descobrimos o diagnóstico, eu estava na mesma cadeira, enfiado no mesmo consultório, com meu pai e minha mãe sentados um de cada lado, como agora. Nunca entendi por que o paciente sempre fica no meio, mas segui o protocolo à risca. Naquela ocasião, assim que Dr. Evandro terminou de dar a notícia, meu pai segurou firme minha mão. Eu não experimentava essa força enorme desde que eu tinha uns seis anos e ele me impediu de atravessar a rua sozinho e distraído na frente de um ônibus. Foi por um triz. Em ambas as ocasiões, lembro que minha mãe chegou a ficar com o rosto desbotado, quase de cera. Pensando bem, acho que foi muito pior com a notícia do Dr. Evandro. Para eles, é como se minha morte estivesse decretada e tivessem tempo apenas para me tirarem do consultório e me proporcionarem a última refeição. Já eu, prefiro encarar o problema a longo prazo, só que naquele dia, pelo mesmo motivo, uma ideia assombrou minha mente como um mau presságio: meu pai, contabilista (eu avisei!), se matando de trabalhar em dois turnos para comprar os remédios que me mantêm vivo e minha mãe largando o emprego de professora de ensino fundamental (eu avisei!) para adotar a função de cuidadora do filho em tempo integral.

Bem, é óbvio que eu (ainda) não morri e nada disso aconteceu. Já sofri algumas internações, recebi medicação intravenosa em cada oportunidade, melhorei e tive alta. Tenho cartelas de remédios que necessito tomar todos os dias, mas meu pai conseguiu suportar o impacto no orçamento fazendo algumas horas extras, nada exagerado. Já a minha mãe me inspeciona ao ligar em intervalos regulares para meu celular, e eu finjo que nunca percebo. O perigo continua sendo iminente, ou seja, posso ter um piripaque sem aviso, mas tanto eles quanto eu tentamos levar nossas vidas, dentro do possível, dosadas de controles e até com alguns sorrisos nos rostos. Ao contrário do Dr. Evandro, que me olha agora com uma assistência quase transparente.

— Tentaremos outra medicação. Vamos deixar os betabloqueadores de lado. Dessa vez associarei apenas um diurético com o vasodilatador, criando sinergismo no uso combinado das duas drogas — informa meu médico, sem que eu tenha a mínima ideia do que ele está falando. Ele pega uma caneta dourada como a sua aliança e escreve garranchos numa folha, carimba, e esta se transmuta em mais uma receita. Depois estica na minha direção, mas minha mãe é mais rápida e captura o papel. — Vamos agendar nosso encontro para daqui a um mês, Leonardo César. E você já sabe...

— Nada de bebidas alcoólicas ou drogas.

— Exatamente.

— Não se preocupe, todos os meus esforços para continuar sem qualquer conexão com a sociedade continuam em vigor. Mesmo assim, obrigado.

Mesmo mal-humorado, eu sorrio com simpatia. De verdade, porque exceto pela fotografia com os filhos lindos e perfeitos dele, eu não tenho nada contra o Dr. Evandro, e sim contra a falha assimétrica do ventrículo esquerdo dentro do meu peito. Em poucos minutos sairemos do consultório e o assunto voltará a ser "ignorado". Meus estudos, é claro, continuarão em ritmo normal, isso não muda. E nem a minha vontade de ter e dirigir meu próprio carro desde que consegui minha carta de habilitação, coisa que meus pais evitam a todo custo. Com essas e outras, devo ser o cara mais bunda-mole de toda a faculdade, não só por andar com um atestado que me impede de jogar uma simples partida de futebol ou por recusar inúmeros convites para beber no barzinho, mas por ter um coração de gesso que pode se espatifar de uma hora para outra, até mesmo com o susto de uma batida no trânsito, como imaginam meus progenitores. E, também por isso, eu não me meto com ninguém.

Essa é a grande ironia da minha vida...

Meu coração faz um péssimo trabalho, e sou eu que pago o pato.

CAPÍTULO 2

No dia seguinte, assim que desço do metrô da estação Vila Mariana e chego à faculdade, evito conversar com as pessoas. Não sou um cara antipático, mas depois das últimas notícias, pretendo ficar isolado. Só que, para quem tem um melhor amigo como Penken, parece uma missão impossível. Ele é um radar ambulante que me localiza assim que coloco o pé em qualquer lugar onde estejamos. É capaz de me encontrar dentro de um estádio de futebol lotado sem ao menos me telefonar ou mandar uma mensagem por celular. Considero quase um poder, uma coisa anormal, como outros tantos que ele possui.

Ainda estou bebendo água no bebedouro quando ele chega e cutuca a minha canela com o pé direito. Eu me empertigo e nos cumprimentamos.

— Você vai continuar usando essa porra de camiseta? — indaga.
— De novo, cara? Por que te incomoda tanto?
— É ridículo.

Eu suspiro.

— Já cansei de dizer, R.E.M. é só uma banda bacana. Não tem problema nenhum o Michael Stipe ser homossexual. Aliás, acho que tenho essa camiseta desde antes de o vocalista se assumir publicamente.

— Logo se vê, tá até furada... — Ele mete o dedo em algum local na parte de trás da gola e puxa. Se não estava antes, agora está. Não me incomodo. Minha coleção de camisetas data de sete ou oito anos atrás. É uma vergonha, mais ainda porque tenho coragem de defendê-las. — Pelo menos você aposentou a "Bazinga!". Outra boiolice!

— Queria que eu viesse pra faculdade de quê? Baita calor. E só pra constar, você sabe, não sou homofóbico.

— Nem eu. Mas eu falo gay, você diz homossexual. Essa é a nossa diferença.

— Ah, na boa, Penka! Tô meio sem saco para isso...

Penken é o apelido de Gustavo. Nunca compreendi o significado real da palavra, já o conheci dessa forma. Acho que até perguntei certa vez, mas nem mesmo ele sabe a origem, só que o chamam assim desde criança. É claro que eu tive que fazer uma variação. Eu o chamo de Penka, afinal, sou seu melhor amigo e me parece mais pessoal. Cursamos o ensino médio na mesma classe e entramos juntos na faculdade, mais precisamente no Centro Universitário Belas Artes de São Paulo, só que em carreiras distintas. Ele cursa Arquitetura e Urbanismo, e eu, Design Gráfico. Para completar, Penken tem uma mania terrível de meter o dedo no nariz e sair com uma surpresa de dentro dele, não importa onde estejamos. Porém, eu já me acostumei.

— E então, falou com seus pais? — pergunta ele.

— Sobre o quê?

— Eles vão ou não te financiar o carro?

— Nem em sonho. Já te disse mil vezes. Você anda meio repetitivo nas perguntas, né não?

Até que enfim ele percebe que estou meio estranho.

— Cara, o que tá rolando?

— Não é nada.

— Já entendi. Você tá na seca, né? Precisa de uma namorada nova, urgente.

— Putz, olha quem fala...

Não consigo pensar numa resposta engraçadinha, porque hoje estou mesmo desanimado. O difícil mesmo é descobrir qual de nós é mais impopular. Fazemos programas sossegados, porque assim como eu, a família de Penka não anda com grana sobrando. Nenhum de nós dois trabalha. Ele, porque é meio vagabundo. Eu, porque meus pais insistem que eu aguarde a conclusão dos meus estudos, enquanto me incluem em um protecionismo absurdo devido à minha condição física. Evito entrar em choque por causa disso, já que a maioria dos problemas lá em casa tem ligação direta com minha doença. Mas hoje em dia a falta de grana parece ser uma inconveniência para a maioria das mulheres que conhecemos. E a falta de um carro, também.

O sinal toca e me livra da conversa, porque tenho que ir para a classe. Encaixo minha mochila velha no ombro direito e digo:

— Valeu. A gente se vê!

Deixo Penken para trás e caminho até a sala de aula. Ele não se deu conta de perguntar sobre meus exames, e eu simplesmente ignorei de lembrá-lo dos meus problemas. Tirando minha família, apenas meu melhor amigo e Malu sabem das minhas complicações de saúde. Para as outras pessoas, não me parece sensato contar. É óbvio que eu não sei se minha ex-namorada já deu com a língua nos dentes. Se nossa relação não foi muito saudável durante os dois anos de namoro, imagine depois que terminamos. Estatisticamente, ciúmes é o principal causador da maioria das separações, e nós dois fazemos parte dessa contagem. Quanto aos outros, especialmente na faculdade, já me perguntaram algumas vezes sobre os remédios que eu tomo. Sempre dou uma disfarçada e minto. Não ando com as caixas (apenas as cartelas) e digo que são vitaminas para suprir uma pequena deficiência imunológica. Isso talvez justifique a cor da minha pele, quase anêmica, mas prefiro que seja assim. Se fico apavorado com a ideia de uma morte súbita, imagine o efeito que causaria nos outros... Ninguém quer que alguém morra de repente ao seu lado! E se tem uma coisa que não vai curar nenhuma doença no universo, eu e o resto da humanidade já sabemos, é o sentimento de piedade.

Sento-me sozinho em um canto da sala de aula e ligo meu tablet para fazer as anotações do professor. O fundo de tela do meu equipamento é um desenho em preto e branco do rosto de um Tigre-de-Bengala que fiz há algum tempo. Sou bom em desenhar, seja com caneta e papel ou num tablet, e melhor ainda em copiar coisas. Essa imagem, em específico, imaginei que seria a minha próxima tatuagem, mas, com tantas despesas médicas, deixo o sonho estancado por um tempo.

Transcrever a matéria da lousa é algo que perfaço no modo automático. Enquanto assisto à primeira aula, só consigo pensar nos meus problemas. Na segunda aula, também. Na terceira, minhas reflexões já mudaram para algo, convenhamos, mais digno de interesse.

Lembro da garota que vi outro dia no metrô e sinto um desejo irresistível de voltar no tempo. Eu gostaria de ter conversado com ela, mas, por outro lado, nem é tão imperativo assim, dá até um ar de mistério. Queria pelo menos saber seu nome. É inevitável pensar na atração súbita que senti e como gostaria de ter segurado sua mão quando ela esbarrou em mim ao colocar o fone do iPod no meu ouvido. Depois, acariciado seu rosto. E, por fim, beijá-la. Eu sei, é uma piada, porque uma garota normal jamais deixaria um desconhecido fazer isso dentro do metrô, mas qual é o problema em sonhar? Deve ter sido o silêncio da sua voz somado à beleza oriental que me encantaram como eu jamais poderia prever, a ponto de me dar o direito de formular fantasias que eu me envergonharia de narrar em voz alta para qualquer um.

Quando me dou conta, já esqueci a aula e estou desenhando o rosto dela no tablet. Seus traços orientais, da forma como estão convictos na minha cabeça, são impressos na tela com tanta naturalidade que Leonardo — o outro, o da Vinci — sentiria ciúmes da minha obra.

Suspendo minha arte e olho para a tela reflexiva. Vejo que a desenhei sorrindo com os lábios finos e úmidos. Ela olha diretamente para mim. Tenho a impressão de que vai falar comigo e, com isso, quase posso sentir minha força se esvair. Queria ter um aplicativo que analisasse o que produzi e conseguisse localizar a pessoa, mas pelo que sei ainda não existe. Ou então poderia pegar emprestado o poder de Penken e utilizaria seu radar natural para encontrá-la.

Meu Deus, Penken está certo...

Eu preciso de uma namorada nova, urgente.

CAPÍTULO 3

Quase todos os dias, Ayako Miyake desce os degraus rangentes de madeira para se certificar de que está tudo em ordem. Não importa quanto tempo se passou, sempre que atinge os três metros abaixo do piso principal da casa e entra no porão, a impressão que ela tem é a mesma: uma visão deslumbrante. Ela olha para o teto e percebe, distribuídas em um número tão grande que fica impossível contar, as lanternas orientais. Elas se dispõem aleatoriamente, como se uma entidade magnífica (talvez um deus) houvesse passado pelo porão escuro e rabiscado seu próprio céu estrelado dentro dele. Mas Ayako sabe que, a qualquer momento, tudo pode mudar. Ao tempo em que umas se apagam, outras surgem, brilhantes e iluminadas. Cada uma delas com um significado. Cada uma delas contando uma história.

Só que a lanterna que ela tanto espera, teima em não estar lá. E ninguém que ela conheça pode dizer quando vai aparecer.

Ayako se lembra como se fosse hoje. No dia em que perdeu seus pais em um acidente, pisou pela primeira vez no porão. A manta celeste a hipnotizou de imediato. Estranhamente, não havia nenhuma fumaça, como também não há agora. E o ar que respira não é o que se esperaria de um porão abandonado e úmido. Entretanto, ela recebeu a explicação naquele mesmo dia e, desde que conheceu o significado das lanternas, era como se tivesse se formado em algo mais do que as simples objetividades da vida. Ela identificou novos símbolos, novas metáforas, que não aprendera na escola ou em qualquer outro lugar. E, desses, não se esqueceria enquanto vivesse.

"Você está vendo algo mágico, mas a magia não se limita a atos extraordinários. Ela está no nosso dia a dia. Se você for observadora, vai reconhecê-la." As palavras que ela escutou ainda ressoam em seus ouvidos.

De súbito, Ayako nota que a porta destranca. Ela se vira e enxerga a pequena silhueta no topo da escada. Alivia-se. Apesar de tomada pela penumbra, sabe muito bem de quem se trata: é o seu avô, ou melhor, ojiisan. Com sua sabedoria, foi ele quem revelou tudo para ela. E ninguém, além dos dois, deve saber o que existe ali embaixo.

— Ayako-chan — surge a voz lá de cima.

— Sim, ojiisan? — ela se comunica em hyōjungo, o dialeto comum japonês, no qual foi ensinada por ele.

— Está tudo em ordem?

— Parece que sim.

— Alguma lanterna em especial?

Ela suspira.

— Minha resposta é a mesma de sempre. Não.

Ela não pode vê-lo, mas sabe que seu avô não está sorrindo. Normalmente ele não age assim com esse assunto, e ela compreende o porquê.

— Não demore, Ayako-chan — aconselha ele, do alto da escada. — Não demore.

— Sim, senhor.

A porta é trancada outra vez. Sem problema, pois os dois são os únicos que possuem as chaves e ela sairá daqui em breve.

Antes disso, sem conseguir se conter, Ayako suspende o braço e sente uma enorme vontade de tocar uma lanterna que está próxima à sua cabeça, mas se retrai. Apenas estende a mão próximo a ela, como se pudesse captar um pouco de sua energia. O objeto brilha de forma contínua em meio a tantos semelhantes. Ela queria ao menos uma vez deslizar seus dedos pelo papel de seda e arames, só que isso não pode ser feito. Essa lanterna, assim como todas as outras, precisa permanecer intacta. O destino delas já está definido. A Ayako resta apenas protegê-las, pois ninguém tem o direito de apagá-las ou transfigurá-las.

E ela nem quer pensar nas consequências, caso aconteça.

CAPÍTULO 4

Confesso que desde que vi a garota oriental no metrô, passo os dias pegando o mesmo vagão na esperança de reencontrá-la. Por vezes eu prossigo e volto repetidamente pelas estações apenas para aumentar minhas chances. Muitas pessoas diriam que é uma coisa boba, quase utópica, se considerarmos as probabilidades. Em uma cidade onde quatro milhões de pessoas utilizam o metrô todos os dias, soa mais como uma tarefa impossível do que qualquer outra coisa. Mas acho que todo mundo na vida já fez algo parecido, e, no meu caso, esse ato desesperado abranda o incêndio na pequena fogueira que queima dentro de mim. É como se minhas preces pudessem ser escutadas, a sorte às vezes exagera e nos surpreende.

Em uma sexta-feira, por volta das onze horas da manhã, me dou conta de que uma garota muito parecida com ela está sentada em um banco a algumas fileiras de onde a encontrei pela primeira vez. Ela não me enxerga, pois estou em pé, quase na extremidade do vagão. Posso finalmente reconhecê-la quando ela se movimenta a fim de ceder o lugar vazio ao seu lado para uma senhora gorda, que se esgueira para sentar-se à janela. E é nesse instante que meu coração, ao contrário do trem, dispara sem freios (o que obviamente pode ser bastante perigoso dadas as circunstâncias, mas eu não ligo).

Ela carrega uma sacola plástica. De onde estou, não consigo identificar qualquer logotipo ou marca, apenas que é uma sacola branca e aparentemente pesada. Enquanto isso, meu cérebro se divide em dois. Ao mesmo tempo em que quero ir até lá falar com ela, penso que talvez seja melhor permanecer onde estou. Hoje o metrô está mais cheio do que naquele dia e o lugar ao lado dela, ocupado. Não haverá nenhum fone sendo colocado no meu ouvido, nenhuma luz incidindo sobre nossas peles. Além disso, tentar iniciar um papo furado como da última vez me parece idiota demais. Mas permanecer empacado depois de tanto esforço para encontrá-la também não é uma ideia bastante idiota?

As paradas vêm e vão, uma a uma. Nada de mais acontece.

Quando chegamos perto da estação Liberdade, ela se prepara para descer e eu empertigo meu corpo. Não quero admitir, mas a única coisa que me passa pela cabeça agora é segui-la, só que isso não é legal. Essas coisas nunca dão certo no cinema ou na televisão, pois o perseguidor sempre acaba sendo descoberto e acusado de praticar algum tipo de atentado ao pudor. Mas é tarde demais, porque as portas se abrem e ela sai tão rápido quanto da outra vez, e eu, em seguida.

De degrau a degrau, subo as escadas até a superfície, sem perdê-la de vista. Olho para o céu. O brilho amarelo e forte do sol desponta das nuvens e invade minhas retinas. Bem abaixo dele, o bairro parece movimentado com a aproximação do fim de semana. Há pessoas normais transitando entre nós, e me parece ser uma vantagem, porque ninguém tem aparência mais normal do que eu, assim, sinto-me camuflado com minha camiseta azul com o logotipo do Batman. O antigo, não o novo.

Eu a acompanho. Passamos pelos postes curvilíneos e vermelhos da Avenida da Liberdade e andamos por quatro quadras. Já estive aqui em algumas oportunidades, porque considero que os melhores restaurantes orientais ficam concentrados nesse bairro. Comer bem e comprar lembrancinhas são opções naturais do lugar. Além disso, existe um leque de atrações culturais e de entretenimento que eu chamaria de inevitáveis para quem prevê algum contato com a vida oriental. Não é à toa que aqui fica o maior reduto da comunidade nipônica fora do Japão. E não só deles o bairro é povoado; percebo chineses, coreanos e até mesmo indianos à nossa volta, muitos instalados em barraquinhas no meio das ruas, outros tantos nas portas das galerias, e mais ainda no vai e vem nas calçadas.

Chegamos a uma rua chamada Conde de Sarzedas. Ela a atravessa. Ainda não consigo acreditar que a encontrei. A sacola plástica parece carregada demais e eu gostaria de ajudá-la, mas explicar que eu tenho menos possibilidades do que ela para levantar pesos não parece ser uma coisa atraente. E, também, como esclarecer o motivo de eu estar aqui, agora? Afinal de contas, tudo o que eu possuo não passa de uma suposição de que ela me reconheceria, e eu nem sei se ficaria feliz ou não.

Ela chega a dar uma pisada em falso e eu apresso meu passo instintivamente. Isso me distrai e não percebo que é minha vez de atravessar a rua. Um carro freia a poucos centímetros de mim e faz um estardalhaço com os pneus. Meu coração dispara como louco pela segunda vez em menos de dez minutos, até que meu cérebro envia uma mensagem para ele, pedindo que se acalme, por favor. Sei que estou errado por não utilizar a faixa de pedestres. O motorista, óbvio, também sabe disso. Ele abre o vidro e xinga alto na minha direção.

— Desculpe! — respondo depois de sair da frente do carro.

Ele arranca. Volto a olhar para a garota. Ela está parada em frente à porta de um estabelecimento e me encara com a cabeça inclinada. O barulho chamou sua atenção, assim como de todos à nossa volta. Ela parece me analisar, mas sua expressão não é de surpresa.

Tento controlar minha respiração. Meu estômago queima como se eu houvesse engolido uma constelação de estrelas, e só esfria quando ela entra no estabelecimento. Fico quase uma hora sem nada por fazer, apenas observando se ela vai pisar do lado de fora. Como nada acontece, penso que ela não está lá dentro apenas para fazer compras, muito possivelmente trabalha no local, pois prefiro levar em conta que ela não crê que sou uma ameaça a ponto de ter medo de sair à rua outra vez.

Entediado, dou meia-volta. Sei que vou me arrepender de não ter me aproximado da loja ou ter tentado um contato, mas não estou pronto. Ao menos agora sei onde ela se enfia. Então olho uma última vez para trás, antes de partir em direção ao metrô. O grande letreiro vermelho e em vertical está escrito em hiragana, katakana, kanji ou sei lá o quê, mas dá para perceber pelo brilho dos objetos acesos na vitrine do que se trata o estabelecimento, e isso é o que mais importa.

Uma loja de luminárias.

Uma antiga e curiosa loja japonesa de luminárias.

CAPÍTULO 5

Retorno para casa. Ainda me sentindo um pouco incomodado por não ter tido coragem de entrar na loja resolvo dar um tapa no visual — o que, para mim, significa somente cortar o cabelo. Então, antes de chegar em casa, passo na barbearia. Sim, barbearia. Existem poucas na cidade, a maioria já fora substituída por salões de beleza unissex, como em todas as metrópoles. Mas tenho sorte de morar no bairro Santa Cecília, região central, e a duas quadras da minha casa tem uma, que não passa de um estreito corredor branco que cheira a creme de barbear, pertencente a um senhor simpático que se chama Aníbal, e onde venho permitindo que detone meu cabelo há pelo menos treze anos (por um preço bem razoável). Nesse ponto, sou bastante antiquado. Não tanto quanto o Sr. Aníbal, é claro, pois ele já passou dos oitenta anos e sentirei falta quando não estiver mais por aqui. Acho que, por causa disso, não importa se às vezes ele erra um corte ou outro, sempre digo que está ótimo. Gosto de entrar e ouvir a pergunta "Como você vai querer dessa vez?", mesmo que eu repita "Não tão curto, seu Aníbal, apenas uma aparada, orelhas semiencobertas, seguindo o mesmo penteado que está hoje". Ele dá um sorriso, faz que entende com a cabeça e inicia o serviço. Eu me dou por satisfeito, não importa o resultado. Só que hoje, não sei bem o porquê, peço a ele para fazer um pouco mais curto.

Chego em casa. Ela está vazia. Sinto-me mais solitário do que nunca, talvez porque agora minha mente flutue entre duas margens, ou melhor, entre a realidade repetitiva em que vivo e a fantasia de estar pensando de novo em outra pessoa. Então olho para as horas, pego a cartela de comprimidos e libero um deles. É um remédio novo, azul, que me faz lembrar um estimulante sexual por causa da aparência. Acho engraçado e decido chamá-lo de *estimulante do coração*, porque me parece provável que seu efeito seja semelhante ao do outro, mas no órgão errado. Engulo com a ajuda de um pouco de água e me sinto satisfeito por acreditar que viverei até o próximo comprimido.

Subo para o quarto e jogo meus tênis longe. Deito na cama, ligo o tablet. O rosto em preto e branco surge por baixo dos ícones, mas eu evito me fixar nele. Abro o navegador. Dou uma olhada no que está acontecendo no mundo virtual apenas para passar o tempo. Leio bobagens e fico ainda mais entediado.

Quando me dou conta, estou no Google digitando o nome da rua em que quase fui atropelado. Toco no ponto exato onde acredito que estive e tenho uma visão do nível do solo. Lá está o estabelecimento, mas não dá pra ver nada dentro dele. A imagem estática me lembra de que aquilo é apenas uma fotomontagem, transmitida por um carro com uma câmera no topo e que passou por ali sabe-se lá em que ano. O que eu esperava? Encontrar a garota sorrindo e acenando para mim?

Ouço barulho da porta da frente se abrir e desligo o tablet. É um ato reflexivo. Não quero que meus pais especulem minha vida pessoal com mais perguntas, só a doença já é suficiente. Responder a todo instante se tomei os remédios e se estou me sentindo bem é um checklist interminável e desagradável que preciso encarar no meu dia a dia.

Na cozinha, minha mãe está com vários embrulhos de supermercado espalhados sobre a mesa. Eles me lembram a sacola plástica que a garota carregava mais cedo. Se eu fosse o tipo de pessoa que acredita em sinais, ficaria impressionado. Só que é mais fácil a minha mente produzir essas coisas do que as sacolas serem parecidas.

Encosto o ombro no portal, ajeito o topete com os dedos e pergunto:

— E aí, o que achou?

Para Continuar

Minha mãe me olha de forma estafada e responde com a voz mais moída ainda:

— Estou feliz que finalmente tenha cortado o cabelo.

— Nossa, quanta animação...

Ela para, belisca o cenho com dois dedos e respira fundo.

— Desculpe. O dia foi difícil hoje. Já tomou seu novo remédio?

— O estimulante de coração?

— O quê?

— Nada. Sim, já tomei — respondo.

Ela volta a dar atenção às sacolas e retira uma garrafa de vinho branco e uma barra de chocolate de dentro de uma delas.

— Mãe, posso perguntar uma coisa?

— Claro.

— Você não está precisando de nenhuma luminária nova, não é? — Ainda estou processando o que realmente me levou a perguntar isso quando minha mãe me olha como se eu fosse um alienígena.

— O que houve com você? Passou a se importar com a decoração da casa?

— Hum-hum. Não.

— Então por que precisaríamos de uma luminária nova? Explique.

Eu dou de ombros numa tentativa de transmitir naturalidade, mas não há nada mais antinatural do que isso. Só que tanto faz para ela. Minha mãe passa o antebraço na testa, cansada do trabalho e sem paciência para a conversa.

— Você não tem mais nada a fazer, Leonardo César? Que tal me ajudar a guardar essas coisas? Eu ficaria muito agradecida.

— Tudo bem, D. Suzy. Eu fico com as sacolas menores. Sabe como é.

— Engraçadinho.

Eu descarrego as compras e guardo todas as sacolas vazias num compartimento da despensa, mas já há tantas aqui dentro que penso que daria para construir um enorme paraquedas de plástico. Após a tarefa, minha mãe parece mais aliviada e me recompensa com um beijo no rosto. Eu roubo a barra de chocolate sem que ela veja. Minha alimentação é balanceada, porque não posso me arriscar com colesterol alto ou outras coisas do tipo, mas está tudo bem.

    Hoje eu me dou o direito.

    Hoje meu coração ganhará um descanso.

CAPÍTULO 6

Na manhã seguinte, saio de casa com a certeza de que é um ótimo dia para dar uma virada na minha vida.

Uma hora depois, estou posicionado de frente para a loja de luminárias, do outro lado da rua, olhando para a porta vermelha e branca abaixo do letreiro com símbolos enigmáticos. Quero desesperadamente invadir o local, mas aprendi que nem todas as decisões podem ser tomadas de imediato, especialmente quando suas pernas se apresentam tão maleáveis que parecem não pertencer ao seu corpo (o que, lógico, é um obstáculo). Então eu mantenho o pensamento firme de que preciso muito tentar, e que as consequências não podem ser tão drásticas assim, nada além de uma embolia insuportável implodindo dentro da minha autoestima. Com todas as deficiências das minhas pernas tratadas, dou o primeiro passo em direção ao estabelecimento. Curioso pensar que, se algum conhecido aparecesse neste instante e me chamasse, seria um bom motivo para me desviar do caminho. Ou, então, um pombo passando acima da minha cabeça e me atingindo com cocô no ombro, interromperia tudo.

É, eu sei. Estou tomado de reflexões covardes e bastante inseguro para entrar na loja. Mas é tarde demais, porque minha mão engancha na maçaneta e eu a giro e depois empurro, o que faz soar um barulho simpático de sineta acima da porta. Para minha surpresa, lá dentro nem é tão claro. Parece que os donos preferem garantir que apenas algumas lâmpadas estejam acesas e, assim mesmo, em baixa potência.

Minha visão se esforça entre os postes, lustres, plafons e tudo o mais, até que mergulha atrás do balcão, mas não encontro ninguém. Presa à parede há apenas uma estante com algumas peças distintas, dentre elas um objeto cujo véu de água desce de um tubo de bambu e é despejada em um pequeno laguinho feito de pedrinhas. Alguns leques estão abertos e presos às paredes de forma decorativa. E, antes mesmo de a sineta parar de tocar, vejo dois tornozelos finos descerem de uma escada por trás de uma cortina curta de tecido.

É ela.

A garota do metrô.

Ficamos frente a frente. Ela está surpresa, como posso notar pelos seus olhos-de-personagem-mangá. Apesar de ela não dizer nada, eu mal consigo me concentrar, pois minha mente grita por nós dois. As minhas bochechas queimam pra diabo, mais do que qualquer lâmpada acesa dentro da loja. Torço para que ela não perceba.

A garota junta as mãos com os braços esticados à frente do corpo, num gesto delicado, insinuando que aguarda que eu gire a chave e ligue o motor. Então me esbofeteio mentalmente, depois me toco de que estou movendo os lábios, mas tudo que consigo expulsar de dentro do meu corpo não passa de uma bola de pelo engasgada:

— Você fala a minha língua?

Mesmo sendo improvável, seus olhos se arregalam mais do que antes. Ela compreendeu. Como eu sou idiota! Quero enterrar a minha cabeça na terra como um avestruz e parar de respirar. Em vez disso, tento restabelecer minhas funções cognitivas para sair correndo da loja, mas enquanto não acontece permaneço estancado no chão de madeira.

Ela desmancha os olhos arregalados e me analisa como se conhecesse algum segredo que escondo.

— Por que eu não falaria? — pergunta.

O som de sua voz é harmonioso e o português não poderia ser mais perfeito. Isso faz com que eu me sinta mais idiota ainda.

— Desculpe. É que naquele dia, no metrô...

— Naquele dia, no metrô, você perguntou o que eu estava escutando. Achei melhor apresentar para você, deixando-o experimentar por conta própria. Talvez, se tivesse me perguntado qualquer outra coisa, eu teria respondido.

— Bem, e o que era?

— O quê?

— Aquela música que estava ouvindo. Eu achei... — digo a palavra seguinte em voz muito baixa — linda.

Ela curva os lábios num meio-sorriso, mas é modesto demais para as minhas pretensões.

— Uma artista chamada Rimi Natsukawa. Eu adoro escutar a interpretação dela de "Nada Sousou".

— O que significa?

— "Por sua falta".

— Traduzindo assim, parece triste.

— Não, é bonita. Acredite.

— Espere aí. Você lembra exatamente *qual* era a música daquele dia?

— Claro.

Agora, sim, eu me imagino atingindo o topo da escada e pulando com os braços esticados, igual ao Rocky Balboa. Ela se lembra. Daquele instante. Faz quanto tempo?

— Qual é o seu nome? — pergunto.

— Ayako Miyake.

— É um prazer. Leonardo César.

Estendo a mão para ela, até que somos interrompidos pela sineta da porta que toca outra vez.

Um rapaz entra na loja. Ele carrega um embrulho. Minhas narinas são tomadas pelo cheiro forte de tempero. Ele usa uma camiseta preta de rock surrada, jeans e *All-Star* gastos. É chinês (tenho certeza de que é chinês, assim como os tênis falsificados que está calçando). Coloca o saco plástico em cima do balcão e nos observa.

A maneira como ele me olha me incomoda. Tomado por curiosidade, reparo que possui o mesmo porte físico que o meu. Temos altura e peso semelhantes, e posso arriscar que nossas idades não são tão distintas assim. É quase como observar uma cópia oriental de mim mesmo. Mas há algo nele que é difícil de explicar, e as circunstâncias ficam mais estranhas quando reparo Ayako se afastando alguns centímetros.

Então eu me viro um pouco, fico de costas para o rapaz chinês e tento resgatar a privacidade de antes, mas Ayako pergunta:

— O senhor está procurando qual tipo de luminária? Um abajur para quarto, talvez?

Ao escutar aquilo, sou pego de surpresa. E se antes eu saltitava alegre com a minha vitória, agora a voz neutra dela me faz rolar escada abaixo sem conseguir parar, coisa que, pelo que me lembro, nunca aconteceu com o Balboa.

— Não — respondo no modo automático.

Seus olhos já desistiram de mim. Ela está disfarçando e eu continuo sem compreender o porquê. Quer dizer, entendo que é por causa da chegada do rapaz chinês, mas essa dispersão repentina não ajuda, é como se a nossa conversa tivesse sido arrebentada com a mesma tensão de um elástico que se estica até não aguentar mais. E, então, me sinto dispensável como um suéter velho e furado. Ainda assim, eu insisto:

— Estávamos falando sobre...

De súbito, escuto um som estrangulado vindo das minhas costas. A voz do rapaz chinês se apresenta tão alta que eu quase estremeço com a reverberação nas paredes e vitrais da loja. Ele grita o nome de Ayako. Eu olho para trás. Algo está errado, muito errado.

Ele sai do seu posto e parte em linha reta na minha direção. Ayako é mais rápida e se enfia entre nós dois.

— Por quê? — diz ele em voz alta, olhando para mim.

— Por que o quê? — pergunto, confuso.

— Por que você está incomodando Ayako? — grita ainda mais e começa a sacudir o corpo.

— Não estou entendendo. Onde você quer chegar?

— Deixe Ayako em paz!

Para Continuar

Ele começa a bater com o punho direito na lateral da cabeça e inclina-se para mim. Sinto-me mal quando vejo Ayako colocar as duas mãos nos braços dele e segurá-lo enquanto pede calma. Finalmente noto que o rapaz tem alguma deficiência mental e parece que trata Ayako como uma estátua capaz de esfarelar com o mínimo toque. Por ironia, essa mesma estátua, franzina e bela como uma Vênus de Milo oriental, é a única força que nos separa nesse instante.

— Ho, isso não está certo! Acalme-se! — diz ela.

— Quem é ele? O que ele quer com Ayako?

— Eu só estou... — começo a dizer, mas percebo uma quarta pessoa na cena e comprimo a minha tentativa de explicação. Não tenho a menor ideia de onde surgiu, só sei que não veio do lado de fora, ou o sino acima da porta sibilaria. É um velho franzino, encimado por um rosto redondo de traços orientais fortes e cabelos prateados para quem já caminhou, talvez, oito décadas de vida, e cujos ombros mal superam o balcão da loja. Entretanto, ele não enruga a testa, não se desespera nem demonstra qualquer emoção com a cena; apenas se expressa em sua língua natal, indecifrável aos meus ouvidos, mas que Ayako parece entender com perfeição, porque faz movimentos afirmativos com a cabeça. Ao contrário da sua altura, a voz do ancião é erguida, capaz de superar qualquer som ambiente, até mesmo os grunhidos produzidos pelo rapaz que ainda vibra o corpo com truculência.

O velho conduz suas sandálias quadradas até nós e coloca a mão direita no ombro dele. Como se recebesse um anestésico potente e instantâneo, o rapaz chinês se acalma. O som da água que bate no pequeno laguinho aos poucos volta a ficar mais nítido, enquanto o meu constrangimento se instala em proporção semelhante dentro da loja. Depois de uma breve hesitação (onde tento inutilmente assimilar o que aconteceu nos últimos minutos), percebo que ninguém mais olha para mim. Então caminho em direção à porta e a abro. Assim que a sineta toca, meus ouvidos apodrecem com o som e me convenço que não haveria um momento mais propício para meu coração parar de bater.

E saio da loja com a alma manchada.

Estou na calçada, aguardando para atravessar a rua, quando escuto alguém chamar pelo meu nome. Eu queria muito permanecer olhando para frente, mas meu pescoço parece ter um ímã atrelado à voz feminina que conheci há pouco e se torna difícil continuar indiferente. Só que a frustração me faz agir de forma bem distante da maneira como entrei na loja de luminárias, e não consigo evitar o tom amargo nas palavras quando pergunto para Ayako:

— O que foi? Será que eu me esqueci de pagar pelo abajur?

Ela para a poucos centímetros de mim e seu queixo se levanta levemente. Está preocupada com minha ironia, mas não mostra nenhuma surpresa.

— Eu vim lhe pedir desculpas.

— Ok, desculpas aceitas. Mas é melhor você voltar antes que seu amigo enciumado nos persiga até aqui fora.

— Meu avô está cuidado dele. Ho o respeita e não sairá da loja por enquanto. Entenda... Ho não é uma má pessoa, apenas tem problemas.

De repente sinto-me um tolo. Tenho uma segunda chance de manter uma conversa sustentável com Ayako, mas minha ignorância se apoia de uma forma que eu não deveria permitir. A história da sorte que possuo em não ter tido nenhum coágulo volta à lembrança e penso que sou eu quem poderia estar no lugar do rapaz, com um cérebro de pouca utilidade.

Coço a cabeça e comento:

— Bem, droga. Você está certa. Eu é que devo pedir desculpas. Realmente fiquei desnorteado, não queria causar nenhuma confusão.

— Tudo bem, você não foi responsável. Eu entendo. Mas quer saber qual a melhor parte disso tudo?

— Existe melhor parte?

— Você já conhece todos que trabalham na loja.

Volto a me encantar pelos seus olhos. Há tanta coisa a perguntar, mas a vontade passa como num flash instantâneo, porque não há nenhum indício no sentido de que a garota à minha frente me dará as respostas que quero. Não assim, desse jeito.

— Eu pretendia apenas conhecer você — revelo. — Não vi outra maneira senão seguir você naquele dia e retornar hoje.

— E por que você fez isso?

— O quê?

— Me seguiu?

Depois de escutar a pergunta de Ayako, dou conta de que as palavras saíram antes que pudesse pensar se eram razoáveis ou não; elas não parecem o tipo de assunto que eu deveria ter falado neste momento, mas cá estão elas, já ditas, e não há nada que eu possa fazer para retirá-las. A melhor coisa para melhorar uma situação estragada é dizer a verdade. Só que eu mudo de opinião no último instante e respondo de forma descarada:

— Não importa.

Percebo pelo seu rosto desafinado que não é, claro, a frase que ela esperava ouvir. Ela sabe que não estou sendo sincero, e a primeira impressão é sempre a que fica. Só que, definitivamente, eu me encontro patinando como se tentasse correr atrás de um sabonete molhado sobre o gelo. Como antes, falta-me coragem e não consigo ser explícito nas minhas intenções. Então passo a mão na testa numa tentativa inútil de ganhar tempo para dizer algo, mas é uma demonstração clara de nervosismo. A iniciativa de alguém se expressar surge por parte de Ayako:

— Escute, eu aprecio a sua vinda, mas é melhor você não voltar mais — sugere ela, e eu sinto como se levasse um soco no estômago. Não, um chute. E talvez num lugar um pouco mais embaixo, porque é dolorido pra caramba, quase me faz desabar no chão.

— Por causa do rapaz chinês — calculo.

Ela demora para fazer que sim com a cabeça.

— Quem é ele?

— Eu já disse. Ho.
— Ho? Só isso?

Ela anui de novo.

— Então você não quer *realmente* que eu apareça aqui de novo?

Ayako se retrai um pouco. Chega a fazer menção de que vai cruzar os braços, mas se arrepende no meio do caminho. Creio que ficou em dúvidas se era o gesto mais apropriado para o momento.

— Hai — finalmente diz.

"Sim", traduzo. Mesmo não sabendo nada de japonês, compreendo bem o que a palavra significa, dado o contexto. Ela abaixa os olhos para o desenho na minha camiseta. Não está mais me fitando no rosto.

— É sério, Leonardo. Por favor, não volte.

Eu ouço o recado com bastante clareza, porém, fico em dúvida. Não sei se é apenas impressão, mas dá pra perceber, em algum lugar lá no fundo, que ela curtiu a minha visita e que também está triste com a forma como tudo se deu. É como se Ayako se sentisse em conflito, com a razão tentando superar a vontade de me ver mais uma vez, e ela deseja que essa mistura de sentimentos me alcance e se espalhe dentro de mim para que eu tome uma decisão por nós dois. Mas eu já sei que não obedecerei. Apenas não comento.

— Se é o que você quer... — Dou de ombros.

Ela instrui a cabeça de forma assertiva. Consigo ver sua garganta engolir em seco por baixo das mechas negras de cabelos, então caminha lentamente para trás. Antes de se virar, lança um último olhar na minha direção; e, dessa vez, não é para a camiseta.

— Leonardo...
— Sim?
— Seu novo cabelo. Está melhor que antes — diz, antes de desaparecer pela porta vermelha e branca da loja de luminárias.

CAPÍTULO 7

Ayako retorna e encontra Ho mais calmo, sentado em um banco ao lado de seu avô, que permanece de pé, mas não mais alto que ele. Ao ver a cena, o mal-estar que sentia desaparece. Ayako não estranha. Desde pequena, analisa o comportamento do homem que cuidou dela a partir do dia em que seus pais deixaram a vida terrena. De paciência inesgotável, ela sabe que seu avô é o verdadeiro sentido da compaixão, sempre ensinando que a essência boa pode ser ainda melhor. Ho demora a aprender por causa das suas limitações mentais, mas até mesmo ele consegue captar os vapores caridosos que exalam de ojiisan. Caso contrário, como alguém explicaria a mudança de atitude, assim, tão repentina?

Seu avô coloca a mão nas costas de Ho e anuncia ao som da sineta que ainda sibila na porta:

— Ho gostaria de pedir desculpas, Ayako-chan.

— É isso mesmo, Ho? Você quer se desculpar pelo que fez?

Ele balança a cabeça, fragilizado, sem encarar Ayako. Começa de forma lenta, mas, de repente, como se um plugue tivesse sido apertado na tomada, agita a cabeça, como se nada do que aconteceu tivesse mais importância.

— Sinto muito, Ayako. Ho se preocupa com você — diz.

Ela sorri.

— Eu também, Ho. Vamos esquecer, ok? Já resolvi a situação — diz ela, ainda que perceba algo estranho na própria fala, como se as últimas palavras a incomodassem profundamente. — Podemos almoçar agora? — pergunta ao seu avô. Ele caminha até o embrulho de comida em cima do balcão e destampa uma das caixas. O cheiro familiar de diversos ingredientes cortados sobre o bolo frito espalha-se por todos os cantos da loja.

— Ora, ora... ele trouxe okonomiyaki — diz.

— Hmmm... Ho, você realmente sabe como me fazer feliz! — Ayako transparece para que Ho se sinta como se houvesse ganhado um presente especial, mas sabe que na cabeça dele é ele quem está presenteando-a. — Que tal você levar lá para cima e preparar os pratos? Eu e ojiisan iremos em seguida.

Ho, sorridente, faz um sinal de positivo com a mão.

Ayako observa-o ultrapassar a noren, a cortina japonesa de tecido, e subir as escadas com o embrulho nas mãos. Espera que ele se distancie para a conversa que ela necessita ter com seu avô. Mas, em vez de tomar a iniciativa, ojiisan, sempre perceptível às suas emoções e como se pudesse enxergar as mudanças das cores na áurea que a envolve, toma a dianteira no diálogo entre eles:

— Ayako-chan, o que você está sentindo agora?

— Medo, receio... Não sei ao certo.

— É por isso que quis ficar a sós comigo?

Ayako abaixa a cabeça, como se a atmosfera da loja ficasse carregada e pesasse sobre seus ombros. Mas essa atmosfera não surgiu agora. É de muito tempo.

— Ojiisan... Sabemos que Ho é curioso como uma criança. Eu me preocupo cada vez mais com a possibilidade de ele encontrar o que tem lá embaixo.

— Isso não vai acontecer, Ayako-chan.

— Eu ouço o senhor dizer isso sempre. Como pode ter certeza?

— Eu não tenho. Apenas repito para nos certificarmos de que ninguém terá conhecimento das lanternas. É um assunto que somente eu e você devemos administrar. O legado de nossa família — conclui, e Ayako conhece o termo de cor. — Mas por que essa preocupação repentina, Ayako-chan?

— É que Ho parece estar ficando cada vez mais sem controle. E sabemos como ele é sugestionável, principalmente em se tratando de... bem, o senhor sabe de quem eu estou falando.

— Sim, e é pelo mesmo motivo que não podemos dispensar Ho. Temos que preservar a loja e o que guardamos no porão. Mas, no fundo, nós dois entendemos por que Ho age assim com você.

Ao ouvir as palavras, Ayako tem vontade de abraçar o próprio corpo. O que ela pode fazer para mudar isso?

— É, eu sei. — Ela tenta não se alterar. — A lanterna continua acesa. E, infelizmente, acho que ela não vai parar de brilhar nunca, ojiisan — desabafa.

— E a outra? — diz ele assim que aperta as mãos de Ayako. Toda vez que ele a toca, Ayako sente como se ainda fosse uma menina e não quisesse se separar dos dedos longos e enrugados de seu avô, porque eles trazem segurança. Mas não tira a repentina sensação de surpresa que a acomete.

— Como assim? O senhor está querendo dizer que outra lanterna semelhante apareceu? Que está lá em baixo? Isso é impossível. Eu saberia.

— Como pode ter tanta certeza? — ojiisan a questiona, como se devolvesse a pergunta feita a ele anteriormente. — Você não precisa vê-la para saber quando vai aparecer.

Ayako mostra-se confusa e cautelosa. Não é a resposta que espera, mas quase nunca elas chegam de forma clara. O que seu avô quer deixar transparecer? Estaria se referindo aos acontecimentos de hoje?

Com uma vontade súbita de descer as escadas que indicam o porão, Ayako se afasta um pouco e olha nos olhos abalizados do pequeno homem capaz de amansar um tigre de trezentos quilos. Todavia, não há o menor significado para uma nova lanterna ter surgido lá embaixo. Enquanto ela reflete, ojiisan afasta a noren e fica parado aos pés da escada, como se aguardasse para subir os degraus, e não para descê-los. Com isso ela tem certeza de que nada mudou, que fora apenas mais um diálogo de frases enigmáticas, como seu avô adora fazer. Mas também é impossível deixar de sentir fraqueza. Não quer pensar na sorte ou no azar, sabe que isso só potencializaria a sua angústia. Prefere acreditar que as páginas de sua vida ainda estão sendo escritas. E que a sua lanterna surgirá, algum dia.

Ojiisan faz um gesto com a mão para que ela o acompanhe escada acima.

— Venha, Ayako-chan — ele a chama. — Por ora, vamos experimentar a comida que Ho teve a amabilidade de nos trazer. Deixarmos aquele okonomiyaki nos esperando é um infortúnio — decreta.

Ho está há algum tempo esperando que sua amada e ojiisan subam para almoçar. Ele já distribuiu os pratos, os hashis e apenas dois copos d'água, pois sabe que ojiisan não bebe nada durante as refeições. Em compensação, deixou guardanapos de papel bem à mostra para os três, porque é sensato que todos devam limpar suas bocas sujas quando terminam de comer.

Após receber a orientação de Ayako, Ho subiu vagarosamente pelas escadas, agarrando o corrimão com uma das mãos e o pacote de okonomiyaki com a outra, e se perguntando o que fez de tão errado para ter que pedir desculpas. E, depois, se podia solicitar a ojiisan que deixasse ele escorregar ao menos uma vez em um corrimão como aquele, pois com tanto tempo naquele lugar, nunca lhe fora permitido e ele também não entendia o motivo.

Assim que Ayako e ojiisan aparecem, sentam-se de um lado da mesa e Ho, do outro. O velho ojiisan fecha os olhos e agradece o alimento com o "itadakimasu", como sempre. Mantém-se sério como em todas as refeições e come sua porção de okonomiyaki como se meditasse a cada mastigada. Mas não é isso que incomoda Ho, ele sabe que deve permanecer em silêncio enquanto se alimentam. Só que, ultimamente, durante as refeições, Ayako tem mostrado uma expressão de quem está em algum lugar distante, quando tenta olhar para ela. Às vezes ela até esboça um sorriso, mas isso faz com que Ho sinta-se culpado por nada. Depois de hoje, ele presume que pode ser por causa do novo cara. Sim, só pode ser isso.

Sua vontade é de chorar, mas ele se contém. Não quer parecer um garotinho na frente da sua amada Ayako.

Ho termina de comer em silêncio. O máximo que faz é acenar com a cabeça quando decidem olhar para ele, pois não é tolo a ponto de deixar o nó engasgado na garganta saltar pela boca. Mas já sabe o que fazer. É apenas uma questão de recompor-se e ir para algum lugar onde possa ficar sozinho.

— Vou tomar conta da loja — diz ele, mesmo que seja desnecessário, pois qualquer um deles correria para baixo se a sineta tocasse indicando a chegada de novos clientes no estabelecimento. Mas fala com um sorriso largo, pois quer parecer confiante e bem disposto, sem contar que está em erupção de tanta ansiedade.

Enfim, ele desce. Minutos depois, sentado sozinho no primeiro piso da casa, pega o telefone e liga para Kong. Entende que seu primo está construindo uma pequena fortuna e que de alguma forma a propriedade de ojiisan e Ayako faz parte disso. Ele, também.

Ho encosta o aparelho no ouvido e escuta os sinais que duram uma eternidade, até que surge a voz confiante e forte do outro lado:

— Olá, Ho. O que foi dessa vez?

— Primo Kong, Ho não quer mais ele aqui! Ho não sabe quem ele é! — expõe atabalhoado, porque de repente as palavras saem mais rápido do que gostaria.

— Acalme-se. O que está acontecendo?

— Ho quer que você afaste aquele cara daqui. Ele veio atrás de Ayako. Kong disse que eu seria seus olhos na loja de ojiisan, mas primo tem que ser meus braços, braços fortes. Ele quer tomá-la de mim.

Ho deseja explicar direitinho, mas sua voz sai áspera demais, uma preocupação quase histérica. Kong interrompe:

— Não faça nada. Seja lá o que for, eu resolverei a situação. Por enquanto eu preciso que você continue aí, entendeu? Continue aí, só isso. Você não quer ficar longe de Ayako, certo?

— Ho ama Ayako.

— Merda. Pare de repetir isso! — Kong fala alto do outro lado, e Ho pensa que ligou em um momento em que o primo devia estar bastante ocupado, porque é injusto gritar e berrar palavrões com ele. Sente uma pontada de dor na barriga, o que faz silenciar-se como antes, na mesa.

— Ho não está nada bem. Nada bem.

— Olhe para fora. Você não pode me ver, mas eu estou bem perto da loja.

— Na calçada?

— Não na calçada, mas em casa. Nós já conversamos sobre isso. Quantos passos daí pra cá?

Ho se sente nervoso e golpeia, com batidinhas, o ouvido oposto ao que está grudado no telefone.

— Não me lembro.

— Duzentos e sessenta, retardado. Menos de trezentos passos. Estamos na mesma rua. Eu corro até aí em um minuto se precisar.

— Um minuto é muito tempo.

— Um minuto é quase nada.

Ho escuta Kong riscar um fósforo e acender aquele-maldito-cigarro. O gesto não traz boas lembranças. Ele se recorda de uma ocasião em que o primo apagou um cigarro dentro de um copo, depois entornou saquê por cima e mandou sua acompanhante (que nunca vira antes) beber, no apartamento dele. Naquele momento, Ho sentiu os músculos de sua mandíbula se fecharem e abrirem nervosamente. A mulher obedeceu humilhada e Kong deixou escapar um sorriso demoníaco. Ho não gostou do que viu naquele dia (em especial o que veio *após* o episódio) e sente uma súbita vontade de desligar o telefone. Mas se fizer isso Kong pode não querer inventar nada contra aquele-que-incomoda-Ayako.

Para Continuar

Ele pisca os olhos rapidamente sem saber como agir. Seu ouvido direito está ardendo de tanto que a base da mão atinge ele e Ho prefere parar. Só que a atmosfera ao redor faz com que sue frio, até que ouve Kong dar uma baforada próxima do aparelho e depois explica a situação de forma bastante confortadora para seus ouvidos:

— Você sabe como eu sou poderoso, não é?

— Sim.

— Então por que se preocupa tanto? Fique calmo e me deixe cuidar desse assunto.

— Obrigado, primo. Obrigado, obrigado.

E Ho desliga, aliviado.

CAPÍTULO 8

— Ainda na cama? — pergunta minha mãe depois que abre a porta do meu quarto, completamente vestida para ir para o trabalho. Ao ver minhas roupas sujas espalhadas pelo chão, ela entra, solta uma respiração ruidosa e cata todas as peças. Seu perfume exagerado me faz espirrar. — O que foi, não está se sentindo bem?

— Não é nada. Está tudo bem. Ótimo. Melhor, impossível.

Eu encaro o teto com os olhos preguiçosos. É fato que hoje me sinto mais cansado do que o normal, mas penso que talvez seja por causa do estresse que passei no dia anterior, dentro da loja de luminárias.

— Nossa, que mau humor é esse? — replica ela. Eu reajo virando o corpo e puxando o cobertor até encobrir o rosto. Óbvio que não vou contar o que aconteceu comigo. Diante da falta de resposta, ela troca de assunto. — Você pode me emprestar o seu tablet hoje?

Estremeço ao lembrar do desenho recente que fiz. Coloco o meu nariz para fora da coberta e questiono:

— Para que você precisa dele?

— Para que você precisa que eu leve sua roupa para a lavanderia todos os dias? — rebate ela com a divina ironia materna, uma das pernas da minha calça jeans escorrendo para fora dos braços. — Eu preciso tirar algumas fotos da classe hoje.

— Está sem bateria. Esqueci de carregar.

Ela me encara desconfiada. Não gosto quando minha mãe me olha assim, como se me pegasse fazendo algo, digamos, diferente, debaixo das cobertas.

— Está bem. Agora, se levante.

— Pode deixar minha calça jeans? Pretendo usá-la de novo.

— Por quê? Você tem outras.

— É a minha preferida, você sabe.

Minha mãe faz uma cara de quem não acredita, mas por causa das minhas camisetas inseparáveis, me conhece o suficiente para não contestar. Ela joga a calça em cima da cama, que cai pesada por causa do celular que ainda está dentro do bolso. É no exato instante em que eu me descubro e percebo uma leve enxaqueca.

O dia não será nada fácil.

Faz parte da minha rotina não conseguir levantar da cama e sair de casa sem tomar um banho logo cedo. Depois visto-me praticamente sem a menor vontade de escolher a roupa. Vou para a cozinha e preparo meu café da manhã, que na maior parte das vezes consiste basicamente em alguns biscoitos e um achocolatado qualquer. Durante a refeição, ingiro o primeiro comprimido do dia. Minha mãe só sai de casa depois de fiscalizar as minhas cartelas de remédio. Em seguida, é meu pai que vai para o trabalho, mas ele não me incomoda com perguntas infringentes sobre a minha saúde, porque sabe que minha mãe já faz o suficiente pelos dois. O máximo que pratica é me dar "bom dia" e perguntar se preciso de dinheiro para as passagens de metrô. Isso faz a minha vontade de ter um carro só para mim ficar mais latente, mas hoje meu cérebro não está nada cooperativo, e entre embarcarmos na eterna discussão sobre o assunto ou apenas ignorar o fato, prefiro a segunda opção.

Como meus compromissos começam um pouco mais tarde do que os deles, dou uma esticada no sofá da sala enquanto espero a hora de sair. A enxaqueca persiste, tão chata. Ligo a televisão e pulo de canal em canal. Entretanto (e eu diria até que num nível de razão compreensível), minha atenção se volta para um filme específico. Eu pesquiso as informações na tela e vejo que é um drama, e todos sabem que eu não curto filmes desse gênero, mas não importa, porque os personagens estão falando em japonês e eu nem presto atenção nas legendas. E a minha vontade de assisti-lo passa a ser enorme.

Um drama japonês.

Quem diria.

Parece que vivo no inferno, preso a uma conspiração para que eu não me esqueça de Ayako. Só que estou errado. Porque de repente não sou eu que estou no inferno; é ele que desce sobre a Terra.

Sou acometido por um mal-estar inesperado, uma corrente elétrica que dispara pelos meus ossos. E percebo a sua origem: uma dor horrorosa que aponta no meu peito, do lado esquerdo, sob a caixa torácica. Aguda, ela mal me dá chances de respirar.

Eu me apavoro. Isso é novo para mim.

Agarro o meu peito e faço pressão. Meu coração é martelado de forma sorrateira, enquanto me concentro para não perder os sentidos. Mais do que isso, preciso tomar uma atitude. Então tento puxar o ar à minha volta, dizendo a mim mesmo que é um ato simples, que meus pulmões não podem falhar, mas estou perdendo a batalha. Até que, em pânico, eu me recordo de que devo fazer o inverso, tossir descontroladamente em vez de puxar o ar. Ao longo da minha problemática vida, li em algum lugar que os movimentos decorrentes da tosse fazem o coração contrair e continuar a circulação do sangue. E também que não devo ter mais do que vinte segundos antes de apagar.

Minha única reação é tirar o celular do bolso. Ainda há um pouco de bateria. É uma sorte, se pensar que o deixei na calça suja de ontem, a mesma que minha mãe me devolveu com tanto desgosto.

Com movimentos rápidos nos dedos, procuro o registro inicial que aparece na lista. Surge a foto de meu pai. Acho que, pela primeira vez na vida, sinto medo de verdade.

Eu telefono. Ele não atende. Cai na secretária eletrônica.

— Socorro... — digo.

E eu saio do ar, sem saber se retornarei.

CAPÍTULO 9

O olhar de Ayako vai além da vitrine da loja e não se fixa em nenhum ponto específico. A penumbra da tarde chega devagar, mas desde cedo ela se sente incomodada, só não sabe determinar a razão. Durante intermináveis horas, procura se ocupar com os afazeres do estabelecimento, mas durante a semana o movimento é menor e não há tantas obrigações assim; então, não importa o quanto ela tente se concentrar, volta e meia se perde observando para além do brilho do vidro e das luminárias e plafons pendurados que interpõem a sua visão.

As palavras de ojiisan sobre um possível aparecimento de sua lanterna ainda reverberam dentro da sua cabeça, assim como as atitudes emotivas de Ho, mesmo que tenha se passado alguns dias de calmaria. Mas não é nenhum desses assuntos que congela o seu coração. Pelo menos, não de forma direta. Porque não importa o caminho que sua cabeça siga, a cada esquina que ela dobre ultimamente, esbarra no nome que insiste em aparecer como uma pequena fagulha diante de suas íris...

Leonardo.

Ela reflete se o que pressente tem algo a ver com ele. Recai no arrependimento por ter dito aquelas palavras ao rapaz estranho e bonito, mas o que poderia fazer? Como contornar uma situação como aquela sem tomar medidas drásticas (e se abdicar)? Era uma circunstância nova, inesperada. Então Ayako fecha os olhos e nota que depois de um longo tempo está se importando com alguém que não seja ojiisan ou Ho. Pois além deles, reserva espaço dentro de si apenas para a lembrança de seus falecidos pais. Não fosse o destino, seriam os próximos a cuidar das lanternas que estão no porão. Os futuros guardiões, não ela. E Ayako se tortura ao imaginar se as lanternas dos dois, que um dia já ocuparam espaço embaixo da casa por anos, se apagaram no mesmo instante em que a vida do primeiro deles foi ceifada no acidente, ou apenas na segunda.

Seu estômago se embrulha porque não deseja se concentrar nisso, até que Ho irrompe a porta da loja de uma forma tão brusca que Ayako acha que a sineta de vento presa nela vai despencar. Ele entra com a cabeça cabisbaixa. Quando Ayako o observa melhor, percebe que ele chora quase silenciosamente e que há um pequeno corte no seu cotovelo, além das palmas das mãos esfoladas, uma vez que ele as movimenta como se estivesse segurando uma bola de futebol imaginária.

— Ho, o que aconteceu?

Ele responde com a emoção levando-o às lágrimas:

— Ho caiu da bicicleta. Caiu feio.

— Oh, Ho... Venha cá que vou ajudá-lo.

Ayako sabe que existem muitas ladeiras íngremes e perigosas na Liberdade, mas não comenta nada porque não pretende tirar as poucas autonomias que Ho possui. Apenas o conduz até uma cadeira. Ele senta e esfrega o antebraço nos olhos para secá-los, enquanto ela busca o estojo de primeiros socorros embaixo do balcão. Depois, Ayako se agacha à frente de Ho. Primeiro examina o corte no cotovelo, depois as mãos. Não encontra nada mais do que alguns arranhados, mas sabe que apesar de Ho ter uma idade similar a dela, ele age como uma criança que deve ser conduzida no banco de trás de um carro ou que corre para pedir ajuda de um adulto ao menor sinal de susto. E, na maioria dos casos, ela é sua pessoa de confiança, a que o recebe.

— Ho tem que ir para um hospital? — pergunta ele, temeroso.

— Não, Ho. Não se preocupe. — Ela sorri. — Nada vai acontecer com você. Veja, vou dar um jeito. Eu te protejo, não é?

Ho olha para Ayako de forma estranha. Ela tem a impressão de que as palavras criam um nó dentro dele. Por um instante, passa pela sua cabeça que ele ouviu aquilo recentemente, mas ela não se lembra de quando foi que disse, porque fala tantas palavras protecionistas a Ho que se sente confusa. Então ela limpa suas feridas com uma toalha úmida e, em seguida, usa pedaços de gazes e um antisséptico. Ao passar a pomada antibiótica, Ayako faz uma leve pressão nas palmas das mãos e dedos de Ho, acariciando-os.

Ho estremece e a encara nos olhos.

— O que foi, Ho? Está sentindo alguma coisa?

Ho, com as bochechas ainda úmidas de lágrimas, curva-se para frente. Tenta beijar a boca de Ayako, chega a tocar de leve os lábios dela.

Ayako se assusta e larga os objetos. Esquivou-se por centímetros do beijo completo dele. Ela fica de pé, dá alguns passos para trás e abraça o próprio tórax.

Um momento embaraçoso, sem dúvida nenhuma. Para ambos.

Ho mostra-se confuso, encabulado, talvez mais constrangido do que ela, pelas suas bochechas que se avermelham como as pilastras que servem de decoração da loja. Ayako pensa no que dizer. Não quer magoá-lo, mas aquilo está indo longe demais.

— Ho, o que você acabou de fazer é muito errado!

Ho abaixa a cabeça e olha para as próprias palmas das mãos em silêncio. Ayako percebe que não existe mais nenhuma bola invisível nelas, é o coração dele que parece estar se desmanchando e escorrendo por entre os dedos. Então ele se levanta e dispara escada acima, como uma criança maltratada e incompreendida diante do inexplicável mundo dos adultos.

Ayako não o impede. Sente-se péssima como nunca se sentiu antes. Mas pretende não se arrepender, mesmo que nada esteja indo bem.

CAPÍTULO 10

Abro os olhos devagar. Não demora quase nada para presumir que estou num quarto de hospital, porque a iluminação é distinta e estou deitado em algo macio e inclinado demais para ser a cama do meu quarto. Além disso, acordei de barriga para cima — uma posição que dificilmente utilizo para dormir —, e o que visto está longe de ser um dos meus pijamas. Mas a confirmação vem quando movimento a cabeça e mexo um pouco o braço esquerdo. Um tubo serpenteia de uma veia da minha mão até uma bolsa suspensa com um líquido incolor dentro dela. Também há uma pulseira com o meu nome e um código de barras impresso que amarra meu pulso. Bem acima deles, observo minha pele levantada próximo à clavícula esquerda e me dou conta de que meu organismo ganhou um novo companheiro.

Minha cabeça ainda está anuviada, mas tenho breves lampejos de como cheguei aqui. Lembro do rosto pálido do meu pai de volta à sala de nossa casa. Lembro de ele ter me enfiado dentro do seu carro de qualquer jeito, deitado em posição fetal, no banco de trás. Lembro que me trouxe urgentemente para o hospital, sozinho, buzinando, provavelmente ultrapassando semáforos vermelhos e contando com a sorte para não sofrermos nenhum acidente. Lembro que alguns enfermeiros me puxaram do carro direto para uma cadeira de rodas e, daí, para uma maca. E então nuvens tomam posse da minha mente outra vez, e é aqui que estou.

— Léo? — a voz de minha mãe surge devagar no ambiente. Quando viro meu rosto para o outro lado, vejo que meu pai a acompanha, ambos já levantados do sofá do quarto, com uma tremenda expressão de alívio ao me verem acordado. As suas roupas são as mesmas de quando saíram mais cedo para o trabalho, portanto, ou ainda estamos no mesmo dia ou eles sequer passaram em casa para trocá-las.

— Oi, mãe. Oi, pai.

— Filho... — Minha mãe segura minha mão com o choro contido, sem conseguir dizer mais nada. Meu pai acaricia meu braço, próximo à cabeça dela.

— Está tudo bem, D. Suzy... — Posso perceber o hálito desagradável que sai da minha boca devido ao tempo que estive dormindo. Mas, em comparação com meu último estágio antes de chegar aqui, sim, estou me sentindo bem. Um pouco sonolento ainda, mas bem. — Pai, obrigado por me trazer a tempo para o hospital.

Assim que digo isso, lágrimas querem escapulir dos meus olhos, mas as que tomam os olhos dele são bem mais rápidas.

— Não fale assim, filho. Eu sou um tonto por não ter percebido o celular tocar antes. Se não fosse eu frear e ele cair no chão do carro...

Minha mãe beija a palma da minha mão.

— Vamos deixar esse assunto para depois, está bem? — Posso sentir um pequeno desapontamento pelo desleixo do meu pai ou por eu não ter ligado para ela antes dele. Talvez, pelas duas coisas. Ah, as mães superprotetoras. — Há algo importante que você deve saber agora...

— O que foi? — pergunto e olho para meu pai.

— Você recebeu um marca-passo — anuncia ele.

— É? — manifesto sem surpresa, pois suspeitei o que poderia ser aquele novo caroço no corpo a partir do momento que o observei. — Bem, o Dr. Evandro cansou de nos avisar sobre essa possibilidade, não é?

— Sim, só não esperávamos que fosse de forma tão emergencial — completa minha mãe. Dessa vez, não consigo tirar a razão dela.

— Você está com fome? Quer comer alguma coisa? — pergunta meu pai, apontando para uma bandeja lacrada com algum alimento dentro dela e um copo tampado ao lado.

— Não, obrigado. Quando sairei daqui?

— Fique calmo, mocinho. O Dr. Evandro diz que retornará para vê-lo.

— Espero que não demore... — concluo, já considerando um tédio ficar aqui, parado em cima de uma cama, depois de apenas cinco minutos acordado.

A visita do meu médico ocorre mais tarde, após muitas insistências por parte de meus pais e da enfermeira para que eu me alimentasse. Eu resisto até onde posso, mas me dou por vencido quando olho para a comida e vejo que a aparência dela é melhor do que eu suspeitava. O sabor não deixa nada a desejar à aparência, e quase peço outro prato. Quando o Dr. Evandro aparece com sua enorme aliança dourada e sua calma peculiar, começa a conversar conosco e faz parecer que meu mal súbito não foi tão grave assim, sob protestos de meus pais, especialmente de minha mãe, emburrada. Acho o gesto dela engraçado, mas não rio. Creio que faz parte da função de doutores não exagerar quadros clínicos, e o Dr. Evandro é meu médico há tempo suficiente para considerá-lo quase um amigo da família, então, dou crédito a ele, mesmo que só eu saiba a gravidade do que senti.

Ele me explica como foi todo o procedimento. A cirurgia durou pouco mais de uma hora. No meu caso, por segurança, recebi anestesia geral. Em seguida, eles fizeram um pequeno corte embaixo da clavícula. Através da punção de uma veia, conectaram dois eletrodos em meu coração. Esses eletrodos, por sua vez, foram ligados a um gerador implantado sob minha pele, o mesmo dispositivo que interpreta a frequência cardíaca e emite estímulos elétricos para o meu coração. O Dr. Evandro me informa que é um processo bastante comum e que o Papa Bento XVI vive com um marca-passo há muitos anos (mas que isso não foi a causa de sua renúncia, como se essa última informação fosse me trazer mais tranquilidade). Quando eu pergunto sobre o motivo de ter recebido um marca-passo, não fica claro, mas parece que a resposta do meu coração aos medicamentos tem sido cada vez menor, e, mais uma vez, é um procedimento normal, enfatiza, minimizando a importância de todos os outros fatos.

— A boa notícia é que, se tudo correr bem, você pode ir para casa amanhã mesmo — anuncia ele.

— Acho que consigo fazer isso — digo, fazendo parecer que cada minuto será importante a partir de agora.

— Ótimo, Leonardo César. Passo aqui para vê-lo antes de sua alta.

Após uma recomendação de que precisarei retornar para verificar o funcionamento do marca-passo, o Dr. Evandro nos deixa a sós. Observo que minha mãe tem o cabelo bagunçado e os olhos vermelhos como carne crua, possivelmente pelo cansaço. Já é quase noite e eu peço para eles irem para casa, mas não tem jeito. Sei que passarão mais tempo ao meu lado, que se revezarão somente para ir em casa tomar um banho e trocar de roupa. O discurso de que eles precisam ficar sempre ao meu lado retorna com força total, que não saberiam o que fazer da vida se me acontecesse algo parecido de novo. E eu nem preciso refletir duas vezes nessa frase, afinal, estou dentro de um quarto de hospital e, pior, sou eu que estou deitado na cama, então imagino que esse é um quadro que eles não pretendem ver pintado mais de uma vez na vida. Geralmente essa coisa protecionista a qual meus pais se dedicam todos os dias me importuna, eu reclamo, mas hoje tem um sentido diferente, como se daqui para frente eu precisasse crescer de verdade, porque minha saúde deve ser o problema mais importante dos milhares e milhares que eles têm na vida, e algo precisa ser feito para tornar o mundo deles melhor.

E é com esse último pensamento que volto a adormecer.

CAPÍTULO 11

Voltamos para casa no dia seguinte. Meus pais conseguem tirar uma folga do trabalho para ficarem comigo, mas sei que a cabeça deles está longe, provavelmente discutindo se um dos dois deve abandonar o emprego e como isso afetaria nossas já conturbadas condições financeiras. Durante o tempo em que estive no hospital, Penken telefonou algumas vezes a fim de saber como eu estava, e eles insistem que eu o receba em nossa casa. Eu concordo. Será a única visita, não pretendo conversar com mais ninguém além dele.

Penken chega. Sinto-me feliz e estranho ao mesmo tempo, porque afinal de contas estamos em meu território, e isso o torna uma região não neutra. Depois de um cumprimento formal com meus pais, Penken se estica ao meu lado no sofá e ficamos a sós na sala. Olho para meu melhor amigo e sinto-me pequeno por algum motivo. Não tem nada a ver com nossos tamanhos. Penken é forte como seu nariz grande, porém, menor em estatura. O negócio é que acho que o invejo. Nunca o vi reclamar de qualquer problema físico, sequer me recordo da última vez que deixei de encontrá-lo porque estava doente. O cara esbanja saúde, e eu aqui, com um objeto mecânico dentro do meu corpo, salvando minha vida com a ajuda de uma minúscula bateria.

Penken, enfim, encerra o silêncio:

— Léo?

— Fala aí.

— Você tá bem, cara?

— Ainda um pouco desnorteado, Penka. Mas eu tô bem, sim.

Coço o rosto. Minha barba parece mais cerrada. Na verdade, nunca tive mais do que alguns pelos, ou talvez eu me sinta mais velho após o último episódio. Quem sabe? Mas isso não vai derrubar meu humor. Mexo com ele:

— Soube que ficou bolado de me perder, Penka. É isso mesmo?

— Nem brinca, amigo. Nem brinca! Você sabe, nunca estarei preparado para isso.

E, com essa resposta, toda a minha inveja vai embora.

— Vai precisar de um coração novo?

— Não dá pra receber um *novo*, Penka. Ainda não é certo, mas, se eu precisar, aceitarei um usado em bom estado.

— Claro. Um novo. Como eu sou burro!

Eu rio e dou uns tapinhas no ombro dele.

— Você não tem curiosidade de saber o que fizeram aí dentro? — pergunta ele.

— Mais ou menos. O Dr. Evandro explicou o procedimento. Tive um bloqueio completo do ramo esquerdo. Eles implantaram um marca-passo transcutâneo ligado ao meu coração. — Eu aponto para o local abaixo da clavícula esquerda, um pouco acima do curativo, onde a pele se levanta em um pequeno volume sob minha camiseta cinza com um desenho central da Enterprise.

— Eu nunca entendi esse troço direito. A gente podia assistir no YouTube como é que se coloca, o que acha?

— Não sei se quero ver isso.

— Ah, qualé? Voltou afeminado do hospital? — diz ele com sua propriedade maciça no assunto depois de verificar se meus pais estão por perto. Não estão. O território começa a ganhar neutralidade.

Penken não demora um segundo para esticar o braço e pescar o meu tablet da mesa de centro próxima dos meus pés. Quando vejo ele apertar o botão de ligar e o desenho de Ayako iluminar os nossos rostos, é tarde demais.

— Maneiro! Tirou de onde?

— Por aí.

Ele olha para a tela e depois crava os olhos em mim. Minha cara deve falar por si só. Penken sabe do meu formidável talento para cópias e não tanto para originalidades.

— "Por aí"? — Começo a articular uma desculpa, mas Penken não me dá tempo de abrir a boca. — Você tá me enganando.

Continuo em silêncio, mas parece ser uma decisão ineficaz. Existe um elo entre eu e Penken, uma correnteza tranquila que revolta de forma incontrolável quando um tenta mentir para o outro. Se isso acontece com todos os melhores amigos, não sei. Acontece conosco.

— Tá certo. Conheci uma garota — confidencio.

— Apaixonado?! Tá de sac...

— Ei, cuidado com as palavras! A gente tá na minha casa.

— Foi mal. — Ele encolhe os ombros, mas logo relaxa outra vez. — E a Malu?

Surge um arrepio ao escutar o nome da minha ex-namorada.

— O que tem ela? — pergunto.

— A fila andou, de verdade?

— É claro que andou! Faz tempo!

— Certo. E essa japinha, é gostosa? Porque eu nunca vi de perto uma...

— Penken — outra vez eu o corto, e falo Penken em vez de Penka, para ele perceber o quanto estou sério, embora não exista nada de sério no apelido dele —, eu acabei de levar um susto enorme. Não tem nem um dia que eu saí do hospital, minha família está em pânico. É sério que você vai ficar de zoeira com isso?

Um silêncio perturbador se arrasta antes de ele responder:

— É claro que vou!

Eu reviro os olhos. Esquece, penso comigo.

— Qual o nome dela? Suzuki? Sato? Honda?

— Ayako Miyake — entrego.

— Gostei. Conheceu onde?

— Dentro de um trem do metrô. Soa estranho?

— Parece uma daquelas coincidências engraçadas que nossos avós nos contam.

— Como assim?

— Já te falei como os meus avós se viram pela primeira vez?

— Não me lembro.

— Meu avô correu para pegar um bonde quando caiu e quebrou o tornozelo. Ele contava que foi quase uma fratura exposta, mas acho que deu uma exagerada. Por sorte minha avó era uma enfermeira que estava sentada num banco próximo. — Ele começa a remexer dentro do nariz. — Mas tem uma coisa que eu não entendo: por que é que eu estou aqui agora e não a sua garota?

— Não é minha garota. Eu e ela mal nos conhecemos.

— Peraí... Você tem um desenho dela no tablet e ainda não ficaram juntos?

— Não, e acho que nem vai rolar. Ela pediu para eu não vê-la outra vez.

— Que merda! O que você fez?

Eu coloco Penken a par de todos os lances. Dura alguns minutos, e a atenção dele cresce como se eu girasse uma manivela a cada palavra que digo, talvez esperando que a conversa esquente. Só que isso não ocorre e a conclusão da história é decepcionante, como fora na vida real. "Fiz algumas besteiras", deixo claro, mas no final me isento da culpa na confusão dentro da loja de luminárias. O bom do Penken é que ele não me condena, não critica se dei alguma mancada ou concorda se agi certo. Ele não opina em nada, apenas pergunta:

— E você ainda está a fim dela?

Eu demoro, mas me rendo e faço um singelo movimento de sim com a cabeça. Ele se cala e volta a mexer com vontade dentro do nariz. Sei que Penken tenta organizar as novidades na sua mente combalida. Aliás, quem não tentaria? Baita história de louco.

— Cara, posso te dizer uma coisa?

— Manda.

— Teu coração tá ferrado de um jeito ou de outro.

Para Continuar

Ainda me sinto meio arrependido de ter entrado nesse papo quando ele me olha e dá uma risada tão alta que eu rio junto. O curioso é que contei os últimos dias de minha vida com o entusiasmo gutural, ou seja, não há nada de engraçado em descrever que a garota que você mais deseja não quer vê-lo, mas não consigo evitar de rir da maneira como ele resumiu tudo. Penken é capaz de me encher de força com sua gargalhada nasalada, até que eu me movimento tanto que os pontos repuxam a pele, fazendo o local da cirurgia doer. Solto um "ai, ai, ai", rimos mais alto ainda e aos poucos voltamos ao normal.

Damos um tempo no assunto. Penken ainda não esqueceu o lance da implantação do marca-passo. Ele abre o YouTube e escolhe palavras certas. Surge um vídeo que mostra o procedimento. À primeira vista, alguém pode dizer que o corte que o médico faz na pele do paciente não é tão grande, mas, para mim, parece abissal. Em seguida as mãos enluvadas fazem algo descrito na legenda como punção da veia subclávia esquerda e introduz fios que imagino irem até o coração. É nesse momento que o sangue escorre sem cerimônia e eu me controlo para não sair correndo.

Quando o vídeo termina, Penken faz movimentos teatrais de que vai vomitar, mas se controla. Eu me sinto um tanto desconfortável, até que ele murmura:

— Quando seus pais retornam pro trabalho?

— Amanhã. Por quê?

— Você vai na Liberdade ver essa garota.

Eu recolho o tablet da mão dele.

— Perdeu o juízo? Meus pais vão ficar loucos se souberem que eu saí de casa depois de uma cirurgia dessas! E eu já te disse, ela não quer que eu vá mais lá.

— Você acredita mesmo nisso?

— Sim. Não... Sei lá! Lembro que a última coisa que ela fez foi elogiar o meu cabelo, mas isso não é nenhuma justificativa — observo.

— Não mesmo. Isso aí em cima tá péssimo — analisa.

Eu faço cara de sério.

— Penka, se antes minha mãe me monitorava o tempo todo, imagine como ela está agora. Não dá.

— Relaxa, brou. A gente arruma um jeito. Avisamos a eles que volto amanhã para te fazer companhia. Se ela telefonar enquanto eu estiver aqui, digo que você tá travadão. No sono, claro.

Eu noto que dessa vez Penken não fala coisas idiotas como aquelas baboseiras sobre homossexualidade; está sendo simples e direto. Em outras palavras, sinto que ele quer me dizer: "Qualé, você tem que seguir em frente, pagar para ver! E se não for nada disso que você está pensando? Vai deixar uma maquininha aí dentro te impedir de descobrir a verdade?".

Mesmo que eu perceba uma insegurança incontrolável rabiscar a minha alma, o jeito legal de Penken me ajudar me estimula. Só que também me preocupa enganar meus pais. Seria presunção afirmar que somente eu sei o risco que corri? Eles cruzaram a linha junto comigo. Aqui em casa, costumamos dizer que formamos um triângulo. Se um dos vértices faltar, a forma geométrica se desmancha. Que é bem diferente da forma geométrica que está em minhas mãos, o tablet.

Quando eu aperto o botão que fecha o YouTube, volto para os lábios finos e úmidos que desenhei de Ayako e meu cérebro dá uma cambalhota tão alta que eu não penso em mais nada, a não ser dizer:

— Quer saber? Tá combinado.

— Legal, cara! Legal! — comenta, mais entusiasmado do que eu.

CAPÍTULO 12

Minha primeira noite pós-hospital é bastante complicada. Além de rolar na cama por causa do desconforto do marca-passo dentro do meu peito, lido boa parte do tempo repassando várias vezes o que combinei com Penken e formulando estratégias para o caso de alguma coisa dar errada com o nosso plano. Quando finalmente adormeço, recarrego minha esperança no mundo dos sonhos e busco nele a coragem que me falta para encarar o mundo dos vivos. Acordo às 7h25. Permaneço na cama e ouço quando meus pais se levantam. Minha mãe abre a minha porta duas vezes para se certificar de que eu estou respirando. Ela diz alguma coisa, e eu emito grunhidos embaixo do lençol.

Lá fora a manhã parece tranquila, mas a calmaria acaba assim que Penken surge na minha casa. Sou avisado pelo engraçadinho do meu pai que minha babá chegou e só então eu me levanto. Tomo meus remédios e tudo transcorre sem desconfianças. Depois de um tempo, meus pais saem para seus respectivos trabalhos (minha mãe ainda reflete umas trinta vezes, mas é convencida pelo meu pai de que eles estão tão atrasados que as horas passarão rápido) e Penken aproveita para curtir minha casa, em especial, a geladeira e o sofá da sala. Eu, por outro lado, não chego nem perto do micro-ondas, mesmo que a possibilidade de dar interferência no meu marca-passo seja remota. Mas não é o caso do *video game*. Passamos as primeiras horas do dia conectados a ele, apenas para o caso de os meus pais telefonarem.

Não consigo me concentrar e apanho descaradamente do meu amigo, que se vangloria. Seja por causa do trabalho acumulado ou pela incrível segurança que eles sentem por Penken estar comigo, o telefone fixo e meu celular permanecem mudos.

Por volta das dez horas, retorno para meu quarto. Tomo um banho e me arrumo. Quero muito dizer a Penken que correrei para voltar pra casa, mas é mentira, porque correr é uma palavra que não existe na minha vida. Mesmo assim, combinamos que não passarei mais do que duas horas na rua. A verdade é que, se Ayako me dispensar (estou morrendo de receio disso), é provável que ele reveja meu rosto em menos de uma hora.

Minha ida de metrô transcorre sem percalços. Vinte minutos depois irrompo pela escadaria da estação e dou de cara com a Praça da Liberdade. Encontro o comércio aceso à minha volta. A primeira coisa que me vem à cabeça é que não conseguirei um bom pretexto para explicar o meu retorno à loja de luminárias, mas posso conseguir um motivo justo quando Ayako me visualizar e nada mais coerente do que levar um presente para ela. Analiso as opções à minha volta e escolho uma pequena loja de lembranças que mais parece um corredor. Mesmo com o tamanho acanhado do lugar, a tarefa torna-se hercúlea! As lojas da Liberdade são abarrotadas de penduricalhos, com tantas opções semeadas pelas prateleiras que a impressão é que estão sempre desarrumadas. Muitas dessas lojas não trabalham com apenas um segmento. Vendem de louça japonesa a cosméticos, livros de origami a artigos religiosos, sementes de flores a alimentos, brinquedos a instrumentos musicais, ou seja, um desespero total. Pretendo dar algo diferente a ela, mas se sou péssimo em escolher as coisas mais simples do mundo, imagine surpreender alguém.

Corro a vista pelas estantes. Olho para um bonsai, mas acho um tanto comum e dispendioso de cuidados. Então eu me deparo, numa prateleira à altura dos meus olhos, com algo que me desperta curiosidade: é um conjunto de pequenas pedras desenhadas com círculos, flores, bambus e outros, tudo muito colorido e alegre, em cima de um quadrado. Não faço a menor ideia do que seja. Uma senhora magra, cinquenta e poucos anos, de coque no cabelo e vestindo um avental vermelho, aproxima-se de mim. Chinesa, tenho certeza.

— Precisa ajuda? — diz num português complicado.

— Pode me dizer o que é isso? — Eu aponto.

— Ah. Mahjong!

— Como?

— Mahjong! — Ela apanha uma caixa de madeira semelhante, fechada, de algum lugar debaixo do balcão, e balança. Ouço as peças chacoalhando lá dentro. — Jogo de desafio. Mahjong.

Caminho até onde ela está.

— Ah, um jogo... — Me decepciono um pouco, porque não é o que pretendia.

— Muito popular no Oriente. Muito, muito popular.

— É tão interessante assim? — pergunto.

— Shì. Interessante — responde, e eu imagino se em alguma realidade alternativa ela diria que não, sendo uma vendedora. Na verdade, creio que é a dona do estabelecimento, e o senhor chinês que está a alguns metros dela, sorrindo de modo simpático para mim, seu velho companheiro. Pergunto para ele:

— O senhor gosta?

Não sei se ele me compreende, mas faz que sim com a cabeça, com os lábios esticados. Seus dentes são imperfeitos, amarelados, como se houvesse fumado uns cem anos de vida, mas isso não enfraquece o lampejo do seu sorriso. Volto-me para a senhora e ela praticamente enfia o objeto nas minhas mãos, como se a partir desse ponto fosse obrigatório levá-lo. Não me incomodo com a insistência, é apenas um casal de senhores idosos que batalha pelo pão do dia.

Eu examino a caixa. Ela não possui nenhum tipo de instrução, está apenas envolta por um plástico transparente e em seu interior há um papel prensado com o numeral 144 seguido de um ideograma chinês, que suponho indicar a quantidade de peças dentro dela.

Mesmo com o brilho das formas que vi na estante e a afabilidade da mulher que me atende, fico em dúvida. Esse não é o presente ideal para uma garota, eu diria até que beira o desastre. Mas ao observar outra vez o senhor que está próximo de nós, ele me remete ao avô de Ayako. E penso que talvez seja uma boa levar algo para ele, não para ela. É claro que eu adoraria encher aquela deusa japonesa de mimos (se eu não tivesse um cartão de crédito superlimitado, óbvio), mas já diz o ditado que é pelas beiradas que se come (a colocação soa péssima, mas juro que a intenção é boa) e, com esse pensamento, pago pelo objeto e a mulher o coloca numa sacola da loja.

Quando estou de saída, o senhor levanta o dedo indicador para o alto e entoa uma frase em chinês. É óbvio que não entendi nada do que disse, mas acolho as palavras como se houvesse aberto um biscoito da sorte e lido uma mensagem de sabedoria. O casal se sente realizado. E, em breve, eu espero ficar também.

Cruzo em direção à Rua Conde de Sarzedas. O sol brilha em uma tarde agradável, encorajadora para quem procura por novos desafios. E, quem diria, o primeiro deles me aguarda logo na porta da loja de luminárias — mas não há nada de excitante nele.

Surpreendo-me pela presença de Ho na calçada. Tinha esperança de não esbarrar com ele, pois nem sei direito qual a relação que o rapaz possui com Ayako e tudo que existe dentro da loja. Mas, diferente da primeira vez, Ho não está sozinho. Tem um cara ao seu lado, tão chinês quanto ele, que usa um cabelo tingido na cor amarelo-ovo. A atenção dos dois se volta para uma bicicleta, cujo aro da roda dianteira está empenado. Com o curativo que Ho possui no cotovelo, a associação se torna óbvia.

Eu avanço pela calçada pensando que o aparelho dentro do meu peito poderia me tornar invisível agora. Assim que me aproximo da entrada da loja, Ho me avista. Ele empertiga o corpo e começa a quicar a base da palma da mão no crânio.

— Ah, não... ah, não... ah, não... — diz sem parar.

Não demora nada para o parceiro dele notar sua atitude assustada e virar-se para onde os olhos dele apontam. E se achei que esbarrar com Ho era ruim, o rosto do chinês loiro ao seu lado me prova que a debilidade do rapaz não passa de um farelo de pólvora dentro de um depósito lotado de dinamites.

— Ei, Ho, vai fazer isso de novo? — diz enquanto traz o braço dele para baixo. Em seguida, o chinês me encara. — Quem é esse sujeito?

— Aquele-que-incomoda-Ayako — murmura Ho, mas o suficiente para eu escutar e pensar que devo ser uma figura lendária para ele, ou pelo menos uma figura lendária da confusão.

— O que você quer aqui, qíguài? — pergunta.

Não tenho a menor ideia do que ele está me chamando, mas da forma superior como me olha e se expressa, é como uma afronta. Faço de conta que não é comigo e ignoro.

— Ei, estou falando com você, qíguài!

Ele puxa o meu ombro. Quase grito de dor por causa da sutura, mas me seguro.

— Sei o que devem estar querendo, mas não pretendo ficar na loja por muito tempo. Uns cinco minutos, talvez.

— Não importa quantos minutos. O que importa é que você não deveria estar aqui.

— Desculpe, não estou entendendo.

— Não, mas Ho entende. E eu, também. Isso basta.

Deus, quanto tempo vai durar?

Ainda no controle da conversa, o chinês aponta o queixo amarelo para o embrulho que eu carrego. Ho também olha, mas permanece calado.

— O que tem na sacola?

— Não posso falar sobre isso ou... bem, você sabe. A frase é clichê pra caramba.

Seus lábios esboçam um sorriso intimidador.

Ao examinar com os olhos o resto dos meus pertences, fixa na mochila pendurada no meu ombro. Insatisfeito, puxa-a sem receio para cima com o objetivo de entender o que está escrito dentro do coração desenhado à caneta.

É, eu sei. Já devia tê-la trocado.

— Leonardo — conclui.

— Prazer.

— Parece desenho de uma garota.

— É óbvio que não é meu. Mas, sabe? Duvido que você entenda mais de arte do que eu.

— E por quê?

— Faço Design Gráfico na Belas Artes. E você?

— Estudei o bastante para ser esperto e viver bem. — Ele sorri. — Agora que já sei seu nome, qíguài, guarde o meu: é Kong.

Eu penso numa resposta engraçada. Devo falar? Não, é claro que não. Posso não enxergar o fogo, mas sei que estou pisoteando descalço em cima das cinzas quentes.

Só que eu não consigo me segurar. Simples assim.

— É meio difícil de me lembrar dele, mas vou tentar. Se eu associar com... sei lá, *King*, deve dar certo. — A tirada foi péssima, como se fosse dita por Penken, não por mim. Mas a quem se destina está de excelente tamanho, porque a sabedoria oriental passa bem longe deste ponto.

— Não brinque comigo, qíguài.

— Eu não faria isso. De verdade. Quem me conhece sabe que consigo ser simpático só algumas vezes — informo. — Essa nossa conversa já acabou? Porque estou com um pouco de pressa.

Kong faz um gesto irônico, abrindo os braços para o chão como se a donzela pudesse passar. Eu não ligo e avanço. Quando toco na maçaneta da loja, Ho agita-se outra vez. Pega a bicicleta e sacode o guidão em direção ao solo, não se importando se vai piorar ainda mais o estado desastroso da roda. Ele não quer que eu entre na loja de jeito nenhum, mas Kong coloca a mão em seu peito, como se dissesse: "Sei o que estou fazendo, ele não vai desistir, eu também não".

Eu me animo com a possibilidade de ter piorado um pouco mais a minha vida e sorrio. A verdade é que minha presença causa transtornos a Ho, mais do que o efeito que Kong causa a mim, e não me sinto bem em nenhum dos dois casos. Só que não há sentido pensar nesse problema agora, se nem sei qual será o meu desempenho dentro da loja. Não quero pensar em Ho, Kong ou qualquer outro, até rever Ayako e ter com ela a conversa que não foi possível da última vez.

Ao entrar na loja, focalizo Ayako rapidamente. Ela está atrás do balcão, anotando algumas coisas em um caderno e usando óculos com hastes pretas. Armou um rabo de cavalo no cabelo liso que, com a cabeça baixa, escorre pelo seu ombro direito. Seu rosto é autêntico, sem maquiagem.

Quero abraçá-la agora. Já. Pra ontem.

Inflamada pelo tilintar da sineta na porta, ela guarda o caderno e o lápis embaixo do balcão e olha para a entrada, preparando-se para atender a mais um cliente. É nesse instante que, em alguma lacuna do lugar, nossas visões se impactam. Do meu lado, se fosse um pouquinho mais forte, quebraria todas as lâmpadas, lustres, luminárias e plafons à nossa volta. E, se houvesse um momento para meu coração *realmente* parar, seria esse. Mas, pelo contrário, ele agora infla com vigor dentro do meu peito e estou pronto até mesmo para voar se necessário.

— Oi, Ayako.

Num primeiro momento ela não diz nada. Não sei se está feliz porque faço parte do cenário da loja outra vez ou enfurecida pela minha capacidade absurda de ser inconveniente, mas eu já previa que seria assim. Até que finalmente desencanta:

— Você prometeu...

— Ei, só um minuto. Sei o que vai dizer, mas eu não assegurei nada, apenas dei de ombros e falei "se é o que você quer...". Posso não entender muito de sinais, mas estava claro que não era uma promessa. Aliás, nem era o que eu desejava propor naquele instante. Você praticamente me obrigou a responder aquilo.

— Eu te obriguei?!

Faço que sim com a cabeça.

— Dentre outras coisas que não posso contar agora — saliento. — Mas exceto pelo fato de pedir para eu me afastar, não se preocupe, pois todas elas são boas. — Como as repetidas vezes que pensei em você depois que quase morri, reflito.

— Certo. E o que você quer, então?

— Vim para descobrir se alguém que você conhece, tipo assim, você mesma, sentiu a minha falta? — arrisco enquanto levanto apenas uma das sobrancelhas, um pequeno dom que eu tenho.

— Por favor, não me responda com uma pergunta. E menos ainda se ela for... esquisita.

— Desculpe, não quis deixá-la sem graça. É que ainda estou me adaptando a todas essas luzes acesas à minha volta. Elas deixam a gente louco, sabia?

— As luzes? — Ayako torce a boca, os óculos se movem em seu rosto. — Só se você sofrer algum tipo de sinestesia, mas acho que não tem nenhum problema físico, certo? Está apenas me enrolando...

Estremeço por dentro. Preciso mudar de assunto, urgente.

— Como você consegue?

— O quê?

— Ser mais iluminada que todas essas lâmpadas juntas?

— Ah, não! — Ayako enrubesce por trás das lentes. — Essa foi...

— Péssima. Eu sei. Mas nada pode ser pior do que aconteceu lá fora... — falo, ainda desnorteado com o assunto "problema físico", e logo percebo a besteira que disse, pois Ayako se espanta.

— O que houve lá fora?

— Não foi nada.

— Não foi nada? — Ela esguelha pela vitrine e percebe a dupla na calçada. Pela expressão com que retorna, sente-se ainda mais desconfortável. — Leonardo, o que aconteceu?

— Esbarrei com Ho e seu simpático amigo loiro antes de entrar.

— Amigo? Aquele é Kong, primo de Ho!

Dou de ombros.

— Que diferença faz? Você nem me contou quem é Ho direito.

Ayako passa a ficar desassossegada pela forma como a reparo inquieta, de repente.

— Leonardo, por favor, não se meta com ele!

— Ele bem que tentou, mas não me pareceu um sujeito tão intimidador assim.

— Será que alguma vez você vai me escutar? — pergunta. A frase soa como se nos conhecêssemos há uma eternidade, mas sei que foi apenas a forma como ela se expressou, porque eu só a desobedeci uma única vez e seria exagerado pensar diferente. De qualquer maneira, estou feliz por sua preocupação para comigo.

Sem saber como conduzir a conversa, eu estico o braço e balanço a sacola plástica em sua direção. Mais uma tentativa de mudar de assunto.

— O que é isso?

— Trouxe um presente para o seu avô.

— Um presente...?

— Para me desculpar pela confusão na loja.

— Não devia se preocupar. Ele não ficou chateado. Meu avô não é assim...

— Que seja. Quero mostrar minhas boas intenções.

— Boas intenções? Para quê?

Eu sorrio. Pareço um galanteador à moda antiga, meio brega, mas não há problema. O importante é que a tensão no rosto dela se desfaz aos poucos. Ayako parece curiosa e está tomada de vontade de saber o que há dentro da sacola, mesmo que não esteja entendendo nada. Ou faz de conta que não entende.

— Nesse caso, é melhor você entregar a ele — diz ela, diante da minha ausência de resposta.

— Seu avô está por aí?

— Sim, nós moramos aqui em cima. Vou chamá-lo. Você pode olhar a loja por um minuto?

— Claro.

Ayako desaparece depois de passar pela cortina de tecido. Fico feliz que ela confie em mim para tomar conta do lugar, mesmo que não nos conheçamos há tanto tempo assim. De qualquer forma, não me parece o tipo de estabelecimento que dá para sair correndo com algo debaixo do braço. Não há nem mesmo um computador por perto, e a maioria das peças que vendem parecem presas a algo. Então eu observo as horas, preocupado com meu prazo. Espero que Penken esteja calmo.

Torço para que Ho e Kong não entrem na loja. Tento visualizá-los, mas já não estão mais no mesmo lugar. Menos mal. Passo a caminhar pela loja, até próximo a cortina. De onde estou, bisbilhoto que o corrimão leva ao andar de cima, que tem vários quadros na parede e uma mesinha encostada na grade. Ayako e seu avô moram aqui? Bem, não é tão anormal assim. Caminho de volta para onde estava postado. Com as mãos suadas e inquietas, toco num pingente de um lustre branco que está a poucos centímetros da minha cabeça. Um círculo luminoso, tal qual um halo, se movimenta no teto da loja. Antes que ele pare, Ayako ressurge na companhia do seu avô, lentamente atrás dela, com suas mesmas sandálias quadradas e roupas simples. Ele faz uma reverência oriental, o tronco à frente e as mãos em posição de prece. Eu imito seu gesto. Diferente da ficção, ojiisan não tem barba como o Sr. Miyagi nem usa quimono como o Mestre Yoda. É apenas um senhor octogenário com rosto emaciado, que sobreviveu à época do Japão medieval e que agora vive aqui, entre nós. E como a fala dele é algo inacessível à minha compreensão, Ayako conversa com ele. Acredito que esteja contando o que vim fazer aqui. Eu penso que, mesmo com o tempo curto, estaria disposto a ficar admirando-a falar a língua até o fim dos meus dias.

— Ojiisan diz que sua presença é muito bem-vinda.
— *Odí-chan*?
— Ojiisan. Significa "avô".
— É difícil de dizer. Bem, por favor, dê para ele.

Entrego a sacola para Ayako, que repassa para os dedos finos e manchados do avô. Ele a segura com um certo estranhamento. Retira a caixa e muda a expressão.

— Mahjong — articula.
— Sim, isso mesmo. Mahjong! — comento feliz da vida por ter compreendido a palavra. Ayako e seu avô se entreolham. Ele diz algo. Ela escuta com atenção.

— Ele não se lembra da última vez que ganhou um presente tão instruído. Sente-se honrado. Não se esquecerá disso — ela traduz.

— Que bom, fico contente que ele gostou. Quem sabe eu não passe aqui um dia para ele me ensinar como se joga?

— Quem sabe? — Ela, enfim, dá um sorriso espontâneo.
— Agora eu preciso ir embora.
— Por quê?

Percebo que a fala dela sai num ímpeto. Ayako disfarça, porém é tarde, pois a pergunta já soou como melodia nos meus ouvidos. Não é que sou mesmo irresistível?, penso. Então o avô dela coloca a mão em seu ombro como se avisasse que iria nos deixar a sós outra vez. Fazemos novas reverências, dessa vez de despedida. E ele volta pela escada pela qual surgiu, com o Mahjong debaixo do braço.

Fico a sós com Ayako. Tudo o que eu quero é continuar conversando com ela, porém, sou avisado de que minha sorte está no fim quando a sineta da porta tilinta e duas senhoras entram na loja reclamando do calor que faz lá fora. Uma delas chega a desafivelar as sandálias e libera os pés inchados e brilhantes como duas beterrabas. Não sei se pretendem de fato comprar alguma coisa ou apenas fogem do sol forte, mas até elas irem embora já se passou muito tempo. E volto a me lembrar de Penken.

Minha missão foi cumprida e eu não posso me arriscar.

Ayako já está dando atenção a elas. Eu me despeço com um tchau simples, de longe. Antes de sair, desvio para perto do balcão e pego um cartão de visitas da loja sem que ela perceba. Depois fico do lado de fora um minuto, vendo Ayako trabalhar através da vitrine, seus olhos brilhando com o reflexo das luzes.

Como disse antes, quero muito abraçá-la.

E fujo antes de perder a cabeça.

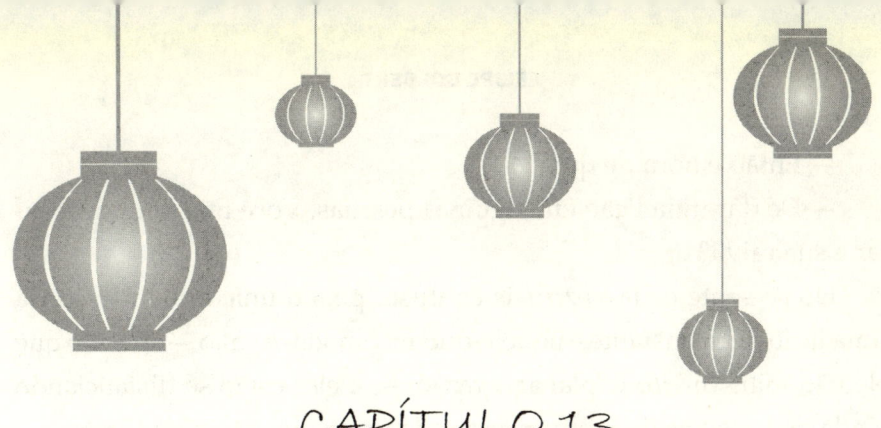

CAPÍTULO 13

Ho segue Kong sem entender muito bem aonde eles estão indo. Pensa que não pode ser muito longe ou Kong o enfiaria dentro do seu carro-vermelho-de-nome-difícil e pisaria fundo no acelerador, como sempre faz, não importa se Ho pede para o primo dirigir mais devagar (porque na verdade morre de medo, mas Kong já o proibiu de expressar esse tipo de coisa em voz alta). Só pode ser dentro do bairro Liberdade, reflete Ho, onde vive desde que os dois eram pequenos chinesinhos e seu primo o tratava com mais afabilidade. Só que Ho percebe que nada vai bem quando Kong para próximo a uma banca de jornais e convoca com um simples gesto de cabeça dois amigos de quem Ho sente mais pavor do que do carro-vermelho-de-nome-difícil.

Ho agora segue três sombras em vez de uma. Sem que os outros dois percebam, puxa de leve a camiseta de Kong, pois não parece certo que faça parte de um grupo e ser o único a ter dúvidas de aonde todos estão indo.

— O que foi agora, Ho? — pergunta Kong, assim que risca um fósforo e acende aquele-maldito-cigarro fedorento, sem interromper a caminhada.

— Primo Kong, nós já demos mais do que duzentos e sessenta passos. Quantos mais precisaremos dar?

— Não é hora para isso.

Ho pensa em olhar para o relógio, mas ele não tem nenhum no pulso, nunca teve.

— Então é hora de quê?

— De dar uma lição em algumas pessoas. Você não quer descontar a sua raiva?

Ho se sente cada vez mais confuso, pois o único que mereceria uma lição nesse instante é aquele-que-incomoda-Ayako — mesmo que ele não saiba direito explanar a razão —, e eles estão se distanciando ainda mais da loja de luminárias a cada passo que dão para frente.

— Mas Ho quer voltar pra loja. Aquele-que-incomoda-Ayako ainda deve...

Kong finalmente para, assim como as palavras que saem da boca de Ho. Ele se vira de forma abrupta, com um olhar tão pétreo que Ho crê que foi uma péssima ideia puxar a camiseta dele. Depois, Kong dá um tapa na nuca de Ho.

— Quando é que você vai deixar de ser demente?

O queixo de Ho estremece de forma descontrolada. Kong ignora, dá uma baforada e volta a caminhar.

Ho queria ter a companhia de pessoas mais velhas, sua mãe e seu pai por perto, ou pelo menos seu tutor ojiisan para dizer-lhe o que fazer, mas só tem seu primo nesse momento. Pelo menos não está dentro do automóvel dele, embora os outros dois caras não lhe tragam nenhuma segurança ainda que todos pisem em terra firme. Então, se põe a segui-los de novo com a promessa particular de não cutucar mais seu primo.

Kong leva todos a uma pequena loja de lembranças e Ho percebe que o nome é o mesmo que estava gravado na sacola que aquele-que-incomoda-Ayako carregava consigo. Algo começa a ligar na sua cabeça, mas é cedo para dizer do que se trata, porque Ho aprendeu a observar e a não tomar decisões precipitadas, como Ayako aconselha sempre, mesmo que seja uma tarefa difícil de seguir. De qualquer forma, ele para em pé dentro da loja e tem a impressão de que as paredes, cheias de produtos, vão se mover e mastigá-los a qualquer instante. Concentra-se em Kong e nos outros dois caras, mas a verdade é que quando seus olhos alcançam o casal de idosos que estão atrás do balcão, eles passam a chamar mais a atenção do que qualquer outra coisa, pelas rugas de preocupação que afincam em seus rostos.

A mulher caminha para próximo do velho, que coloca as mãos em seus ombros como se precisasse protegê-la de algo que Ho ainda não descobriu o que é, porque não há nenhuma serpente junto a eles, e Ho se apavora sempre que vê uma na televisão. Talvez sejam as paredes mordedoras, pensa, mas em seguida analisa que os velhos não podem ter medo das paredes mordedoras, porque é provável que já estejam convivendo dentro delas há muito, muito tempo. Então Kong fala em chinês e Ho, apesar de lembrar-se do pouco que conversava com seus pais quando ainda morava na China, não se recorda mais de tanta coisa assim.

Kong faz várias perguntas aos velhos. Ho identifica as palavras "dinheiro" e "cuidado", "decrépitos" e "negócio", "fogo" e "inimigo" na voz dele. Os dois senhores parecem não entender sobre o que ele fala, Ho menos ainda, mas Kong grita tanto dentro da loja que a força de sua voz é suficiente para impedir que qualquer parede se mova para dentro. Depois, seu primo leva aquele-maldito-cigarro que está em sua mão direita à frente do rosto do senhor, num gesto perigoso, enquanto os outros dois caras começam a derrubar produtos que estão nas prateleiras ao chão.

Ho é incapaz de se mexer. Se os dois velhos fossem seus pais ou avós, talvez Ho impedisse de retirar todo o dinheiro do caixa (nem são tantas cédulas assim) e entregá-lo nas mãos de Kong, como está acontecendo agora, o que faz com que os outros dois homens parem de jogar os objetos para o alto. Só que é muito tarde, pois o chão está repleto de coisas quebradas e deve dar um baita trabalho para limpar tudo.

Ho quer pegar uma vassoura e varrer o lugar depressa, mas lembra-se que Kong está fazendo uma pequena fortuna ao quebrar as coisas dos outros e que pode até esconder toda a sujeira da loja, mas não conseguirá se desfazer da sujeira que impregna seu corpo por estar junto deles nesse quebra-quebra, embora não tenha tocado em nada.

Ainda.

Kong guarda o dinheiro no bolso enquanto cruza na frente de Ho. Com o rosto satisfeito e uma notória falta de fôlego por causa da mistura de gritos e cigarro, ordena:

— Atire qualquer coisa no chão.

Ho não se mexe. Há tanto caco a recolher que ele deseja passar sua vez para outro.

Kong explica:

— Eles venderam algo para o qíguài. Ajudaram o seu inimigo. Você não vai querer que ele volte aqui e compre outro presente para Ayako, não é?

— Não aqui, não em outro lugar — responde Ho.

— Então atire logo. Vai se sentir melhor.

Ho olha para a prateleira ao alcance de sua mão e vê um Maneki Neko, o famoso gato branco que acena, feito de cerâmica. Sua pata direita é tão erguida que a sorte que ele proporciona deve ser capaz de percorrer um caminho tão longo que é impossível visualizar. Em toda a sua profundeza, Ho deseja que alguém entre na loja para salvá-lo, mas a aglomeração de pessoas do lado de fora parece intimidada demais para tanto. Encurralado, ele não tem como evitar a ordem de Kong. Talvez os velhos o perdoem, se for sincero em seu pedido silencioso. Sendo assim, segura firme o gato, pede em sua consciência que aquele-que-incomoda-Ayako desapareça de vez e depois joga-o no chão. Mas, em vez de espatifar, o objeto quica no chão e apenas a cabeça se separa do corpo (como se fosse decapitado), nada mais.

Ho não sabe se é sua imaginação, mas escuta a palavra "inútil" na voz de Kong antes de saírem.

Ele não tem nenhuma confiança do que fez naquele dia, mas segue os homens de volta com a certeza de que aquele-que-incomoda-Ayako não é uma boa pessoa, porque, diferente do Maneki Neko, a presença dele traz azar a todos que visita — inclusive ao pobre casal de velhos da loja de cacos.

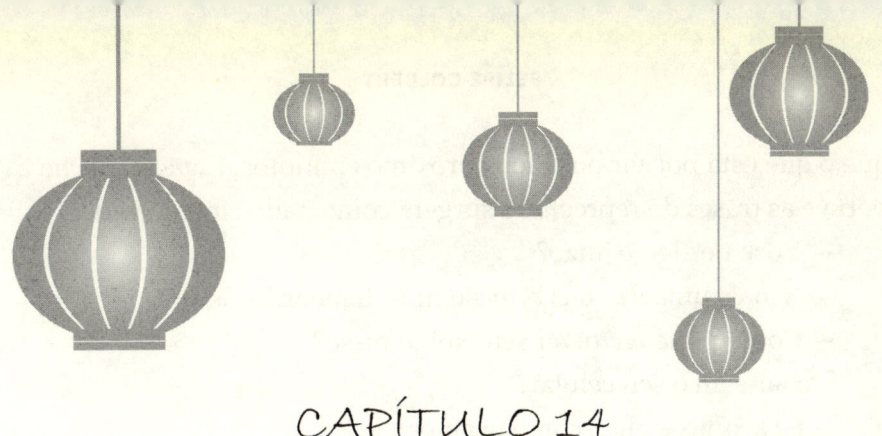

CAPÍTULO 14

Chego à frente de casa com a consciência de que falhei na minha promessa com Penken. Acontece que a volta de metrô não fora tão tranquila quanto a ida. Uma interrupção na composição que me transportava só ajudou a piorar o meu atraso, fazendo com que todos descessem e aguardassem pela remoção do trem na plataforma por um tempo longo e enervante. Ainda assim, achei que talvez eu estivesse me preocupando à toa, pois, exceto por isso, tudo correu bem até o momento. O marca-passo em meu peito dava sinais de que seguraria as pontas, eu consegui suportar a inconveniência da dupla Kong e Ho, mantive uma conversa com Ayako por algum tempinho e saí do estabelecimento com o número do telefone dela no bolso. Porém, foi só abrir a porta de casa para a minha animação tornar-se negra como a noite.

— Tamo lascado, Léo! — anuncia Penken, de pé no corredor de entrada, como se não visse a hora de eu chegar. Atrás dele, a primeira face mal-humorada que surge é de minha mãe. Não tarda para o rosto de meu pai se juntar à ópera dos desesperados.

Penken me deseja "boa sorte" com um movimento silencioso de boca e se lança quase alucinadamente pela rua. Penso que meus pais devem tê-lo mantido em cativeiro até minha chegada, e isso me parece um bom motivo para livrar meu amigo da pregação que está por vir. Quando me viro, não há mais sombra dele. Resta apenas a sensação de que escutar suas piadinhas sem graça seria muito melhor do que o que está por vir nos meus próximos minutos. Então eu fecho a porta e as frases de repreensão surgem como nado sincronizado:

— Você perdeu o juízo?

— É mais uma de suas brincadeiras, Leonardo César?

— Como pôde envolver seu amigo nisso?

— Sair sem o seu celular?

— Se acontece algo, como ficamos?

— Já não basta o susto que teve há alguns dias?

— Quer que mais alguém tenha um problema no coração aqui em casa?

Assim que meu pai termina a última frase, uma rocha desaba sobre nossas cabeças. Dá pra perceber pelo silêncio sufocante e o olhar esmigalhado que minha mãe lança em sua direção. O baque? Ele continua reverberando dentro de mim.

Meu pai é um cara bem-humorado. De verdade. Entretanto, dessa vez até ele percebe que exagerou. Minha mãe é um tanto controladora, e sei que a bronca dele tem um quê da influência que sofreu da esposa ao longo de quase vinte e cinco anos de casamento. Mas não é a bronca que me incomoda. É a ciência por trás dos fatos.

Diferente de outros tipos de cardiomiopatia (como a hipertrófica, por exemplo), apenas de 30% a 40% dos casos da minha doença são hereditários. As causas são variadas e incluem mutações em diversos genes. O rastreio familiar por testes permite identificar a doença ainda na fase inicial, mas não acontece na maioria dos casos. Aliás, num âmbito geral, a doença atinge uma proporção de 1 a cada 2.700 indivíduos, não importa qual seja a procedência dela. E, após uma longa bateria de exames feita pelos meus pais, determinou-se que minha cardiopatia dilatada não poderia ser considerada hereditária, ou seja, eles estão isentos de culpa! Mas também se tornou um fardo, porque é assim que as coisas são quando acontecimentos inexplicáveis acontecem com seus filhos e os pais passam suas vidas pensando onde foi que erraram. A verdade é que uma simples anemia ou infecção não identificada pode ter causado meu problema. Eles sabem disso. Eu também sei que eles sabem. Como todos os bons pais, tenho certeza de que gostariam de voltar ao passado e serem mais cuidadosos. Ou, então, tomariam o meu lugar nesse exato instante, se possível. Mas eu também sei que não podem fazer nada disso, e enquanto eu e minha doença coexistirmos, teremos que lidar com o fato de que sou o único que tive esse azar em nossa família. Só que nunca, nunca mesmo, um de nós expôs assim, quase explicitamente. E isso me enfezou bastante.

— Foi muita gentileza sua dizer isso — ironizo.

— Filho, não foi bem o que...

Minha mãe toma a frente, com os braços cruzados em sinal de intolerância.

— Você deixou o hospital ontem à tarde! O que deu em você?

— Tive meus motivos para sair de casa.

Um motivo para continuar existindo, penso.

— Sim, devem ter sido *excelentes* motivos. Afinal, o que poderia ser melhor do que mentir e matar seus pais de susto? — Ela tenta conter algum tipo de preocupação histérica, a notar pelas rugas retorcidas. — Quando é que você vai dar valor à atenção que dispensamos a você?

— Atenção demais, não é? — opino.

O pescoço dela se contorce na direção de meu pai.

— Você está escutando, Nelson? E nós, que sempre achamos que nunca fazemos o suficiente?

— Esperem, não vamos alimentar uma guerra. Que tal nos sentarmos e nos acalmarmos? — propõe meu pai, já com o semblante menos anuviado. Somente ele entrou nesse espírito.

Eu jogo minha mochila no sofá com sutileza suficiente para atravessá-lo.

— Qual é o problema? Não sou livre para dizer o que sinto? Ou até nisso vocês irão me reprimir?

— Não é nada disso, Leonardo. Apenas não comente algo que possa se arrepender depois — aconselha ele, enquanto faz menção de colocar a mão em meu ombro. Eu desvio.

— Como você fez agora há pouco? — recordo, e meu pai sufoca

outra vez. — Pois eu gostaria de dizer que me incomodo por ser tratado como um inútil. Vocês bloqueiam todas as minhas possibilidades. Eu não posso nem arrumar um emprego. É normal?

— Você terá muito tempo para isso — expõe minha mãe. — Por enquanto, a faculdade é suficiente.

Eu quero lembrá-la de que cheguei muito próximo de provar que a primeira frase é uma inverdade e bater no peito, mas evito. Afinal, sou um recém-operado, com um marca-passo.

— Como você consegue ser tão confiante?

— Porque eu prometi a mim mesma — ela esfrega a testa —, desde o primeiro dia em que sentamos naquele consultório, que faríamos de tudo para não perdermos nosso único filho.

Eu me desarmo.

Olho para meu pai, que exibe uma expressão esgotada, e que não é muito diferente de minha mãe. Mal saímos do hospital, e essa discussão não nos leva a lugar nenhum. É sobre minha vida, mas não posso simplesmente ignorá-los, como se não existissem. Apesar de todas as interferências pelas quais passamos, meus pais tem um ótimo relacionamento entre si, e eu com eles. Não arrisco dizer que sou mais próximo de nenhum dos dois, gosto de ambos, na mesma intensidade. Meu pai leva o jeito dele, minha mãe tenta da forma dela. Exceto pelo protecionismo exacerbado comigo, convenço-me a todo instante que os dois são exemplos do que eu gostaria de ser um dia. Só que, até lá, desejo tomar minhas decisões sem agir como um robô, com meus gestos controlados. E esse é um problema que sempre despontou no horizonte, e que talvez se resolva somente quando eu parar de *brincar* de ser homem.

Eu supero minha louca vontade de dar a última palavra (porque sei que demorará uma eternidade para colocarmos os pratos limpos na mesa outra vez) e deixo eles sozinhos, vagueando em direção ao meu quarto. Nenhum dos dois se opõem, e isso só me dá mais certeza de que eles estão mesmo exauridos. Quando chego ao quarto, me jogo em cima da cama. Coloco os fones de ouvido e inicio uma playlist aleatória no tablet. Apesar da primeira música já acelerada, fecho os olhos e relaxo, eu e meu coração doente. De certa forma, sinto-me aliviado. Afinal, depois da conversa com meus pais e do encontro que tive com Ayako, alguma coisa mudou. E vai alterar meu futuro daqui pra frente.

    Mas só depois que eu acordar.

CAPÍTULO 15

Após o almoço, Ayako se sente mais desperta do que nunca. Está agitada, na verdade. Não há nenhum comportamento estranho nisso, apenas não se recorda há quanto tempo notou-se desse jeito. Porque esse é o tipo de energia que não quer ir embora, um frescor diferente que agita como uma bandeira dentro de sua alma e mostra que dessa vez ela pode estar aportando em um lugar diferente.

A tarde, tão rica em atividades, passa depressa. Ela arruma a loja sem descanso. Depois, pretende varrer o chão e lustrar todos os vidros que existem dentro do estabelecimento e, quem sabe, deixar a contabilidade em dia, já que é fechamento do mês. Ojiisan faz companhia para ela, sentado em uma mesa na parede oposta à vitrine. Ele parece alheio a toda movimentação, empenhado nas peças com desenhos coloridos do Mahjong derramadas sobre a madeira, e Ayako não o interrompe. Até que ela escuta o hyōjungo dito por ele:

— Você parece animada, Ayako-chan.

Ela enrubesce. Seus olhos piscam sem parar.

— Eu estava só procurando por... — Mas não há nada que Ayako esteja realmente procurando e sua voz estala.

— Talvez você já tenha encontrado — diz ele —, ou tenha sido encontrada.

— Como assim?

— A visita do jovem. É disso que eu falo. Le-o-nar-do, não é?

Ayako segura de todas as formas o sorriso genuíno que quer explodir em seu rosto.

— Foi só uma visita. Ainda não aconteceu nada de mais.

A ficha cai. Ela falou a palavra "ainda".

Quando a sineta da porta tilinta abruptamente, Ayako enrijece o corpo e vira-se um pouco desconcertada. Durante o movimento, existe um milésimo de segundo em que ela pensa que atenderá mais um cliente irritado com o calor escaldante que faz lá fora (como as duas senhoras de papo cansativo que interromperam sua conversa com Leonardo, mas que, em compensação, levaram quatro arandelas, oito plafons e algumas lâmpadas), até que encontra Ho. Ela não entende porque ultimamente ele abre a porta da loja dessa maneira, pois sempre fora cuidadoso. Percebe que ele está com as bochechas vermelhas e suado, como se houvesse tomado muito sol. Ou por algum outro motivo que a preocupa, de verdade.

— Ho, aconteceu alguma coisa?

— Ho está bem. Está bem, muito bem... — repete. — Ayako e ojiisan podem dar licença?

— Sim, claro. Mas não quer me dizer onde você esteve?

— Queria consertar a bicicleta, mas a loja estava fechada.

— Fechada? — Ayako observa o relógio na parede. Desce os olhos para ojiisan e depois para ele. — No meio da tarde?

Ho faz que sim.

— Tudo bem. Está com fome? Deixei um pouco de udon para você na geladeira.

— Ho não quer nada. Ho tem dor de barriga. Ayako dá licença?

— Sim, sim... Desculpe.

Ho passa por trás de ojiisan. Atravessa a noren e sobe inflamado as escadas. Ayako pensa que talvez ele sinta mesmo algum incômodo físico, mas tem a impressão de que, não importa como estejam as suas funções vitais, a cada dia ele esconde algo dela. Algo grave.

— Posso fazer uma pergunta, ojiisan? — ela interrompe seu avô. Ele meneia a cabeça. — Desde a última semana, quando estou com

Ho, tenho a sensação de que há uma distância crescente entre nós dois. Ele não quer me contar mais nada.

— Na última semana? — Ojiisan faz questão de ressaltar enquanto distribui as peças do Mahjong na mesa. É como se não houvesse prestado atenção em nada do que Ayako disse depois daquela colocação, mas ela sabe que é impossível, porque apesar da idade avançada seu avô é a pessoa mais atenta que conhece. Uma coisa de cada vez, é assim que ele age.

— Tudo bem — reconhece ela. — Desde que Leonardo apareceu. Ele foi o gatilho de tudo o que acontece agora — confessa.

— E Ayako-chan acredita que isso é bom ou ruim?

— Os dois. Às vezes acho que Ho está sendo penalizado por algo no qual é inocente. Eu não quero que ele se sinta assim. Ao mesmo tempo, é interessante perceber como se pode conhecer uma pessoa há bastante tempo e, então, um dia ela agir diferente com você e tudo parece desandar.

A atenção de ojiisan finalmente se desconecta do Mahjong.

— Agora estou curioso, Ayako-chan. Você quase nunca fala desta forma. Ho fez algo para você?

Ayako realmente gostaria de contar para seu avô a tentativa frustrada de Ho em querer beijá-la, mas não consegue. Seria como denunciar uma criança. E ela não quer envergonhar Ho de novo com isso, muito menos se envergonhar. Então, dá de ombros.

— Não foi nada sério, ojiisan.

Seu avô a estuda, como se escavasse um túnel dentro de sua essência. Não é algo que ela se acostume facilmente, mas sabe que ele a entende. Ele entende até mesmo as coisas que ela não sabe se deve dizer ou não.

— Ayako-chan, você pode pintar um quadro com uma única tinta, mas não conseguirá evitar os respingos nas mãos.

Ayako franze o cenho, confusa.

— É algum pensamento budista? — pergunta.

— É um pensamento de ojiisan. — Os lábios dele, que normalmente formam uma pequena linha curta e enrugada, se esticam. — Serve para o momento?

Ayako quase cai para trás quando tem uma introspecção que a faz perceber que seu avô está animado. O que ela vê no rosto dele é um sorriso? Será efeito do Mahjong? De Leonardo? Mas em seguida o regozijo despede-se devagar e o sorriso se torna menos sólido.

Ele aconselha:

— Precisamos manter Ho conosco. Não apenas pela sustentação de nossa loja e do que temos lá embaixo, mas porque ele está melhor aqui do que com...

— Kong.

Ojiisan faz outro meneio com a cabeça e retoma sua atenção para o jogo. Ayako decide que não quer pensar nisso. De verdade. Nem se lembra mais como chegou a esse assunto. Hoje seu dia fora completamente diferente e nem mesmo as atitudes estranhas de Ho irão mudar o seu entusiasmo! Ho, uma ameaça em sua vida? É algo impossível de acontecer. Ela deseja desanuviar sua mente desses pensamentos, e há apenas um lugar no mundo onde esse efeito ocorre como uma avalanche. E, para sua sorte, está bem perto dela. Alguns metros abaixo de seus pés.

Ela desiste de realizar suas tarefas e diz:

— Vou ver como estão as coisas lá embaixo, ok?

Dessa vez ojiisan não responde. Ele já se concentra nas pecinhas coloridas do jogo. Ela dá um beijo na sua bochecha enrugada ao passar por ele. Depois, desce as escadas em direção às lanternas, preparada para soprar os pensamentos para tão longe de sua consciência quanto for possível, assim que abrir a porta.

Ho está tão curvado no topo da escada que pensa que poderia passar desapercebido por um pequeno animal doméstico. Sua cabeça enfiada entre as grades do corrimão é suficiente para notar que Ayako e ojiisan estão conversando, mas é impossível interpretar o que eles dizem.

Para Continuar

Espiar os dois é algo que não deveria fazer, em especial depois de mentir sobre a dor de barriga. Seu gesto parece um pecado bárbaro, irreversível, uma doença radioativa que o consumirá por dentro, sem cura. Mas não há culpa maior do que ter atirado o Maneki Neko no chão, e ele só age dessa maneira porque tem dúvidas se é um criminoso agora.

Ho puxa o corpo para trás quando vê Ayako atravessar a noren e alcançar a escada. Ela desce os degraus ao invés de subi-los. Retorna a cabeça para a posição de antes, sem respirar para não fazer nenhum barulho. Segura nas grades que apoiam o corrimão para tentar enxergar melhor, pois mesmo em pleno dia e com todas as luzes que existem na loja, lá embaixo é escuro como um túnel de metrô, e isso o apavora. Ela e ojiisan se alternam para visitar o lugar diariamente, às vezes mais de uma vez por dia, e nessas mesmas ocasiões, Ho sente vontade de gritar e pedir para que voltem depressa, mas, no final das contas, se cala. Na única vez que perguntou se havia algo temeroso lá embaixo (como, por exemplo, ratos e baratas, para não dizer algo pior do que isso), Ayako confirmou que era algo semelhante ao que poderia existir embaixo de sua cama ou no armário de roupas — ou seja, nada. Mas que toda a rede elétrica e encanamento da loja passava por baixo da casa, e eles necessitavam verificar de tempos em tempos se algum cano velho de água não se rompeu e inundou o porão, fato este que causaria um enorme prejuízo; e, ainda mais, que Ho deveria afastar-se por ser um local muito perigoso para ele, já que era alto demais e sua cabeça poderia esbarrar em um fio desencapado que existe lá dentro, e ela nunca se perdoaria se algo de ruim acontecesse a ele. Só que, se ela realmente se importasse, pararia de flertar com aquele-que-incomoda-Ayako e deixaria beijar a sua boca de uma vez por todas, como ele nunca fez com nenhuma garota em toda a sua vida.

Ayako abre a porta. Ho percebe um brilho leve como o tremeluzir de uma chama recém-acesa escapulir do porão. Seriam faíscas do fio desencapado?, pensa ele. Grandes faíscas, de verdade?

Ho agarra as grades com tanta força que os nós dos dedos embranquecem. Seus olhos se arregalam e sua boca faz um formato de "O" involuntário. Ele supõe que deve salvar Ayako, mas a porta se fecha antes que o pensamento desapareça.

Às suas vistas, o local parece perigoso também para Ayako. Só que, pensando melhor, ela não teve nenhum receio de entrar. Isso é sinal de que ela mentiu? Pois, para Ho, parece muito claro. E se pergunta quantas vezes mais Ayako mentirá para ele desde que... bem, desde que o qíguài (segundo Kong) apareceu.

Ho se lembra que uma vez disse a ojiisan que gostaria de ser explorador, porque exploradores costumam ser homens corajosos, e era o que ele pretendia alcançar em sua vida; mas ele não podia fazer nada além de assistir a documentários na televisão, porque disseram-lhe que não havia nada realmente a explorar por perto e falharia em todas as suas pretensões. Só que, em seu íntimo, Ho se esqueceu do porão da própria casa em que vive. Agora um som novo surgia como estímulo dentro da sua cabeça, como o tique-taque de um relógio que conta as horas. Todavia, Ho nunca soube de nenhum explorador criminoso, e, depois do que fez hoje, é só isso que ele pode ser agora. Pois a imagem do Maneki Neko decapitado não se desmancha da frente dos seus olhos, assim como a imagem do casal de velhos apavorados. Então ele se levanta e parte para seu quarto, imaginando qual seria o próximo passo.

O mesmo que o explorador criminoso faria no seu lugar.

CAPÍTULO 16

Três dias depois, minha vida retorna aos trilhos do metrô.

Por causa da faculdade, meus pais estão cientes de que não conseguem um motivo *legal* para eu permanecer dentro de casa. Eu me animo. Mesmo com tanta responsabilidade me aguardando do lado de fora, sair à rua novamente é um conforto, pois já começava a confundir minhas pernas pálidas com os lençóis brancos da cama, enquanto o afundamento no colchão permitiria modelar uma estátua de cera tão perfeita que daria inveja ao pessoal do museu Madame Tussauds.

Penken mostrou-se aliviado depois do meu e-mail informando que nosso plano não teve consequências mais graves para com meus pais. Não que meu amigo fosse se preocupar com isso por muito tempo, mas se é verdade ou não que eles desistiram do episódio, nem mesmo eu sei. Nós não tocamos no assunto em nenhuma oportunidade além daquele dia, criando um limbo para ambos os lados. Para mim, o tempo de sobra serviu para trabalhar no desenho de Ayako, agora ornamentado de sombras e de um belíssimo colorido. Para meus velhos, mais alento para suas próprias vidas (e, com uma boa dose de desconfiança da minha parte, até mesmo um namoro a portas fechadas na noite anterior).

Ainda não sei como lidarei com minhas horas vagas. Fiquei tanto tempo afastado da faculdade que quase precisarei de mais gigabytes livres no meu tablet para armazenar as fotos do caderno de algum colega da sala. Pior que isso seria mentir sobre meu afastamento. Pior ainda, se alguém perceber o volume do marca-passo por baixo da minha camiseta manchada com a frase "404 Not Found" na frente.

Assim que encosto no portão da faculdade, uma buzina toca metodicamente. Eu me viro. Vejo um carro enorme, daqueles que levaria algumas encarnações para comprar (isso se eu tivesse ao menos um emprego em cada uma delas), e não imagino quem seja. Penso duas vezes se a buzinada é para mim. A janela do motorista se abre.

— Oi!

— Malu?!

— Euzinha. Tudo bem, Léo?

Um sorriso desponta dos lábios dela. Ela tira os óculos escuros. Seu rosto está mais iluminado do que nunca. Há quanto tempo não nos vemos? Estou tão surpreso que não sei a resposta.

Eu coloco a alça da mochila em cima do marca-passo e me aproximo. Ela abaixa o volume do rádio, mas escuto uma música do Legião Urbana tocar. Ainda é o seu grupo favorito.

— O que você faz por aqui? — deixo sair.

Logo percebo que é uma pergunta ridícula, em duplo sentido. Primeiro porque parece que estou cobrando o fato de ela transitar na rua em frente à minha faculdade, como se fosse proibido. Segundo, porque acho que sua presença é justamente por minha causa. Isso massageia meu ego, admito. Mas preocupa em igual intensidade, visto que o histórico de ciúmes que carrego de Malu pesa mais do que o carro. Aliás, ainda estou me recuperando da surpresa de vê-la dentro dele.

— Vim trazer um amigo que estuda na faculdade — atualiza ela.

A manta que veste todos os idiotas cai sobre a minha cabeça. Sinto uma pontada de ciúme. Se a pausa na fala dela fosse um pouquinho mais demorada antes de dizer "amigo", congelaria o meu sangue. Por muito tempo desejei que Malu encontrasse outro namorado logo. Agora, não consigo sequer imaginá-la escrevendo na mochila de outra pessoa.

Minha reação é desviar os olhos do interior do carro. Não há ninguém observando a gente, mas parece que o mundo inteiro está prestando atenção na nossa conversa e que uma foto nossa estampará a capa de todos os jornais, sites e blogs no dia seguinte. O *amigo* dela, é óbvio, não iria gostar nada disso. Então eu paro de pensar que estou fazendo algo errado e respiro fundo. Ela diz:

— Viu que bacana o meu carro? Foi um presente do meu pai. Passei para Odontologia na USP, no próximo semestre.

— Sério?

— Sim. Você acredita?

— Estou feliz por você... Quero dizer, pelo carro. Não, pela faculdade. Por tudo. — Eu me atrapalho.

Ela segura o volante com força, como se ainda quisesse acreditar que está dentro de um sonho. Seu rosto simétrico debaixo da franja loira explode em felicidade. Parece que a luz do dia vem de dentro de suas pupilas e provoca uma reação química dentro de mim, que não compreendo direito. Tenho apenas as palavras reverberando na mente: Rosto. Simétrico. Felicidade.

— Como estão as coisas aí dentro? — pergunta ela.

— Dentro de onde?

Malu aponta com o queixo para o meu peito. Por um instante acho que ela quer saber sobre minha saúde emocional depois que nos separamos, mas lembro que minha ex-namorada é uma das poucas pessoas que sabem do meu problema físico, e interpreto sua frase. Ou talvez queira mesmo saber como eu me sinto, sei lá. Mas prefiro tratar o assunto de forma menos constrangedora possível.

— Ah, tudo na mesma.

— Não foi o que eu soube.

— Como assim? O que você soube?

— Que você implantou um marca-passo, carinha.

Eu seguro a respiração tão forte que meus pulmões quase partem as costelas. As palavras dela soam improváveis, mas não demora para eu perceber que meus pais devem ter culpa nisso. Teriam conversado com ela na ocasião da cirurgia? Não acredito que não me contaram nada! Sei que eles gostam dela (sempre demonstraram isso) e que mesmo com todas as atribulações, o término de nosso namoro fora uma novidade inesperada, mas onde os dois estavam com a cabeça? Essas coisas não podem funcionar assim, principalmente quando a parte interessada está apagada em uma cama de hospital.

Ela dá um tapinha de leve na minha testa.

— Que cara é essa? Nós namoramos por três anos. Não posso mais me preocupar com você?

— Não é isso, ainda estou me adaptando à situação. A cada instante acontece algo diferente... Agora mesmo estava pensando em como responderei às pessoas que desconfiarem. Esse marca-passo foi mais uma coisa repentina na minha vida, e fica difícil escondê-lo.

— Não se angustie. Não pedirei para vê-lo.

— Isso não seria nada de outro mundo. Você já me viu sem camiseta milhares de vezes.

— Eu sei. Mas você não deve se envergonhar do seu problema no coração. Também já falamos sobre isso milhares de vezes.

— Você sabe, às vezes eu me sinto um excluído.

— Excluído? Se te consola, o amiguinho dentro do seu peito nunca te deixou na mão quando a gente... — ela pausa. — Bem, você sabe.

Eu sorrio, encabulado. É, eu sei.

Malu me observa por um tempo.

— O que você está olhando? — pergunto.

— Não sei... Tirando essa sua encanação com o marca-passo, você parece feliz. Vive um autêntico momento de felicidade.

— Você também — retribuo.

Malu limita-se a sorrir. O lapso se desfaz quando ela movimenta o rosto e olha as horas no painel reluzente do carro. Eu faço o mesmo. Não há mais tempo para conversa furada entre nós dois.

— Eu tenho que ir — informa.

— Tá certo. Foi legal te ver de novo.

— Sim, foi sim.

Ela dá a partida no carro. Não existe nenhum beijo no rosto, nenhum toque entre nós, nada. O sol que continua a sair dos olhos dela brilha mil luzes, todas diferentes uma da outra, até que ela os tampa com os óculos escuros. Apesar das torturantes crises de ciúme entre nós, tínhamos muitos pontos que nos uniam, e eu me pego pensando se percebi isso antes. Não posso negar. Malu participou de diversos períodos difíceis na minha vida, e acho que essa é a verdadeira razão para os meus pais ainda gostarem dela. Então ela acelera e vai embora, sem dizermos mais nada um ao outro. Voltamos a ficar distantes, em margens opostas de um rio. Eu continuo estático no mesmo local, tão imerso em dúvidas quanto extraído de emoções. Quero desesperadamente localizar o bem-estar que sentimos quando encontramos uma pessoa que não vemos há muito tempo, mas não consigo.

Malu tem um carro novo.

Só me resta arrastar os pés de volta à faculdade.

CAPÍTULO 17

Com a noite excessivamente quente, ligo o ventilador do quarto. Sento-me à escrivaninha, apanho o tablet e começo a transcrever a matéria para o meu caderno. A tarefa é penosa, e minha decisão de não deixá-la para depois, mais ainda. Daqui a dois dias será fim de semana e eu pretendo fazer algo diferente.

Eu poderia dizer que a nossa existência é curta demais para perdermos um minuto que seja, mas todo mundo fala isso uma vez na vida e soaria normal demais. Se bem que, de todas as pessoas que conheço, sou o único que tem razão para tratar isso como lema.

Minha mão cansa bem antes do que esperava. É impressionante como nos desacostumamos a escrever. Podemos massacrar as pontas dos dedos em uma tela *touch-screen* sem nos incomodarmos, mas é só fazermos o movimento caligráfico por mais de uma hora para acharmos que estamos correndo uma maratona de ponta-cabeça — sem mencionar o desastre que sai a minha letra. Então eu fecho o caderno e deito na cama. Ouço a TV do quarto dos meus pais ligada na novela. Quando o volume está muito alto, bato na altura da parede onde as cabeças deles costumam estar do outro lado. Normalmente eles diminuem, quando não adormecem e eu tenho que ir até lá desligá-la. Só que não é o caso.

Às vezes gostaria de ter um irmão para dividir essas tarefas bobas comigo, desde que dormíssemos em quartos separados, porque dentro de casa curto minha tranquilidade. Minha condição física permite que eu aproveite essa regra. Só que todos esses pensamentos que estou tendo agora fogem do turbilhão de palavras que rodopiam minha mente quando estico o braço e apanho o celular, e eles não passam de uma fuga do que desejo fazer.

Insiro a senha, pensando que minha pele está tão quente que a tatuagem tribal no meu braço não passará de um borrão em instantes. Hoje faz mesmo um calor dos infernos, e creio que nem um bilhão de giros das hélices do ventilador irá me confortar.

Acesso meus contatos. Para não perder o número de telefone da loja de luminárias, transferi-o do cartão para o celular dias antes. Se o cartão sumisse, seria praticamente impossível encontrar o número em uma lista telefônica, já que nem sei pronunciar o nome do estabelecimento. E, justo por isso, é engraçado como me vem à cabeça o letreiro vermelho, luminoso, encantadoramente diferente de todos os outros que já percebi em minha vida — e que envia agora um pálido esplendor às janelas de minha memória recente.

Longe de ser improvável, Ayako é uma das primeiras palavras da minha curta lista. Sem querer, meu dedo cansado escorrega e alguns nomes rolam pela tela. Eu travo. Não desejo ver o nome de Malu. Pode ser tentador ligar para ela e não compreendo o porquê de pensar nisso. Parece um despropósito para o momento, quase uma intimidação.

Movimento o dedo até visualizar novamente o nome de Ayako. Pondero se devo ligar para ela a essa hora. Pelo que entendi, eles moram em cima da loja. Então escuto batidas na porta do quarto e jogo o celular embaixo do travesseiro, como se fosse uma criança escondendo um pacote de biscoitos roubado.

— Quem é?
— Sou eu.
— Entra.

Meu pai está vestido com seu velho pijama listrado, mas nem ele é louco de manter a blusa abotoada com esse calor. Traz no peito um rastro de pelos brancos em meio aos escuros, como se fosse as costas do gambá francês do desenho animado que não me recordo o nome. Ele segura um prato na mão esticada.

— Eu trouxe um pedaço de torta de limão. Não está muito gelada porque sua mãe fez há pouco.

É óbvio que aquilo é apenas uma desculpa para conversarmos. Penso que será divertido; meu pai quer me dizer alguma coisa, só não sabe como. Então ele se senta na ponta da cama e repassa o prato. Dou a primeira garfada na torta. Adoro o gosto azedo do limão misturado ao leite condensado. Minha garganta fica seca pra diabo, mas não reclamo.

— Valeu! — agradeço.

— Não está lendo livro nenhum?

— Tenho baixado alguma coisa no tablet, mas ando devagar.

Ouço um grunhido de decepção.

— O que foi?

— É que sou mais a forma antiga. Papel e cola. Como está a torta?

— Ótima, mas eu preferia um quindim. É meu doce predileto.

— Eu nunca soube disso. Sua mãe sabe?

— Provavelmente, não. Hmmm... Acho que decidi agora. Mesmo assim, se pensarmos bem, por que vocês nunca trouxeram quindim para essa casa?

— Achei que você preferisse sorvete... até que hoje cairia bem, com esse calor.

Ele apoia as mãos no colchão para se levantar. Aparentemente, a conversa fiada fez ele desistir de comunicar o que desejava. Então eu o interrompo com um pouco mais dela:

— Pai, o que você conhece do Japão?

— Que tipo de pergunta é essa?

— Não enrola, apenas me responda.

— O que quer que eu diga? Sei lá... É o único lugar no mundo onde a comida japonesa é chamada simplesmente de comida. Teve o negócio das bombas atômicas durante a Segunda Guerra Mundial. E o Bruce Lee, claro. O cara era fantástico.

Eu dou mais uma garfada e sopro o ar dos pulmões.

— Bruce Lee nasceu nos Estados Unidos. E foi criado em Hong Kong, na China.

— Sério? Como você sabe todas essas coisas?

— Dá para se aprender muito com um tablet e internet — induzo. — O que eu quero entender é se é estranho uma pessoa se encantar com uma cultura muito diferente da sua. Você já passou por isso?

— Ok, não estamos mais conversando sobre quindins e sorvetes, não é?

— Do jeito que você fala, parece que tenho doze anos de idade.

— Para seus pais, você terá sempre doze anos. Ou até menos.

— Sei, sei... "Sou mais a forma antiga" — mexo com ele.

— Ah, não me venha com essa. Essas baboseiras sobre envelhecimento não me preocupam. Agora, se você quer conversar sobre mulheres, saiba que existem mais reticências a se dizer do que palavras completas. Não importa a idade ou qual a cultura delas, não se esforce, pois ninguém conseguirá entendê-las. E quando a cabeça gira muito alto sobre esse assunto, a melhor coisa a se fazer é abrir uma boa garrafa de vinho, como eu fiz agora. Mesmo nesse calor.

— Vinho? Você não estava no quarto com a mãe?

— Hum-hum. Não. Sua mãe já adormeceu.

— Tudo bem. Agora me diga o motivo que te trouxe até aqui, de verdade. Quer me falar alguma coisa?

— Por que você acha que eu tenho algo pra te falar?

Ele me olha e espera por uma resposta, mas eu me recuso a abrir a boca. Recebe o prato de volta e junta as migalhas com o garfo, de forma desconcertada.

Respira fundo.

— Tudo bem, eu só queria pedir desculpas! O que eu disse naquele dia é algo no qual estou muito longe de me orgulhar. Não era minha intenção te magoar. Perdoe também a sua mãe. Estávamos preocupados com sua demora e quase saímos de casa correndo atrás de você. Não pedirei que seja mais responsável, porque sei que você deve ter tido um bom motivo para fazer o que fez, e começo a acreditar que você não foi ao Japão, mas esteve quase lá. — Ele pisca um dos olhos. — Enfim, nós também damos duro pelo seu bem-estar. Só pedimos que reconheça um pouquinho disso, está bem?

O discurso que brota de meu pai nem é tão inédito assim, mas me comove. Porque existe algo brilhante que uma pessoa consegue dizer a outra nos momentos mais difíceis, e funciona bem comigo e com ele. Funciona de forma tão eficiente e simples que muitos poderiam considerar a citação disso como um exagero, só que não. Nós dois temos uma relação genuína. É como a concha e o mar. Aquela história de que você escuta o barulho da água através da concha não é como todos pensam. Você pode colocá-la no ouvido em qualquer lugar do mundo, mas só escutará o som se pisar na areia próximo das ondas, porque funciona assim, a concha reflete o barulho do mar quando está perto dele, nada mais. E esse é meu pai, refletindo o meu desejo de pedir desculpas através das desculpas dele.

Com esse pensamento, dou uns tapinhas no seu joelho. Gostaria de abraçá-lo, mas o calor forma uma barreira insuportável para um contato físico maior.

— Obrigado — digo. Se possuíssemos um medidor de sinceridade para voz em casa, ele bateria no topo nesse instante. — E o meu carro? — arrisco.

— Não abuse, ok?

Então eu sorrio de forma consensual, mas só por causa do momento. E deixo ele ir embora.

É lógico que não me esqueci do telefonema para Ayako.

Depois que meu pai deixa o quarto, sinto-me tão animado que chego a ignorar o calor insuportável. Esqueci de perguntar a ele sobre a *descoberta* de Malu, se eles tinham algo a ver com isso, mas não quero me preocupar ou destruir o bom momento que tivemos com uma discussão sem sentido. Então retorno o celular para a palma da mão. Decidido, coloco a senha e clico direto para ligar. Com o dorso da mão oposta, limpo o suor que se formou em meus lábios por causa do doce que comi.

Uma mistura de ansiedade e insegurança me envolvem por completo. Respiro fundo assim que o primeiro toque surge. No segundo, faíscas elétricas percorrem meu corpo. No terceiro, há uma pista de dança cheia de luzes estroboscópicas dentro da minha cabeça. Estou pensando em desligar caso Ho ou ojiisan digam algo quando escuto o som romper-se no sexto toque. Para minha sorte, é Ayako quem atende com a sua voz macia:

— Kon'nichiwa?

— *"Koninchivá"* para você também! — digo, num reflexo.

— Leonardo? — sussurra ela.

— Oi, Ayako. Tudo bem?

Três segundos de silêncio.

— Estou curiosa para saber como você conseguiu o meu telefone.

— Peguei um dos cartões da loja. Não sou oficialmente um cliente, porque não comprei nada. Mesmo assim, posso vir a ser um em potencial, por isso, não brigue comigo — brinco. — É muito tarde?

— Recebemos algumas ligações de fornecedores do Japão. Acontece muito raramente, mas acontece. Você deve saber, a essa hora, lá já é dia... Nunca pensei que fosse você, por isso o "kon'nichiwa".

— Quer que eu desligue?

— Não, é claro que não. Desculpe-me! Eu apenas não quero que percebam que estou aqui em baixo.

Ho, é claro.

— Se eu tivesse o seu número de celular...

— Isso será impossível.

— Por quê?

— Eu não tenho celular — adianta ela. — É uma longa história, não me faça explicar agora. — E volta a baixar o tom de voz. — O que aconteceu?

Ouço um barulho de uma fricção, algo sendo esfregado.

— O que você está fazendo? — indago.

— Tirando a poeira de uma luminária atrás do balcão.

— Você está trabalhando enquanto fala comigo?!

— Tecnicamente, estou apenas aproveitando para limpar algo que esqueci de fazer hoje enquanto falo com você. Já que precisei descer até a loja, nada mais justo.

Passo alguns segundos pensando no que vou dizer, antes que ela pergunte outra vez o objetivo da minha ligação.

— Faz muito tempo que não telefono para uma garota — deixo escapulir em voz alta e não sei o que me deu para dizer algo tão boboca! Tão miseravelmente boboca que quero desligar a bateria do marca-passo agora mesmo.

— Bem, faz muito tempo que não recebo uma ligação de um rapaz — ela fala, e de repente eu me pego suspendendo as sobrancelhas de surpresa, com o efeito inesperado que minha frase causou. Qual era a chance de receber uma resposta dessas?

— Quer dizer que você não tem namorado? — pretendo reafirmar.

— Se tivesse, teria dispensado sua ligação ainda na minha segunda ou terceira frase. E antes que eu me esqueça de agradecê-lo, muito obrigada.

— Pelo quê?

— Por vir até a loja.

— Para te ver — ressalto.

— Sim.

Um silêncio longo e inesperado se instala que quase reverbera as paredes do quarto de tão alto.

— O que foi? — pergunto.

— Eu preciso te confessar. Pensei muito na sua visita.

Agora é meu coração que bate mais que um bongô. Não consigo fazer nada para pará-lo. Eu *devia* pará-lo. Aonde isso vai me levar?

— Acho que não escutei direito. Pode dizer isso mais alto?

— Estou sussurrando para não chamar a atenção de ninguém e você me pede para falar mais alto? Não acredito! E, por favor, não me faça repetir. Isso vai me deixar sem graça.

— Hum, bom, não se zangue... Mas, depois do que disse, sinto-me mais confortável para revelar o motivo da minha ligação.

— E qual é?

— Convidá-la para um passeio.

Embora tenha recebido alguns sinais positivos em nossa conversa, minha garganta, tremendamente árida por causa do doce, seca o bastante para não conseguir pronunciar mais nenhuma palavra. Dou um sorriso fajuto, sem graça, como se Ayako pudesse olhá-lo e se comovesse. De repente um "não, desculpe" imaginário penetra em meu cérebro e fere ele quando lembro de Ayako com rabo de cavalo e óculos, incrivelmente bonita, conforme a última vez que a vi. Fico apavorado com a recusa. Chego a fechar meu punho com tanta força que sinto as unhas cravarem a palma da mão. É um daqueles instantes de *querer adiantar os segundos com uma máquina do tempo*, até que ela diz:

— Tudo bem.

— Hein?

— Eu disse que tudo bem. Não é o que você quer?

— Sim — balbucio e dou três pulos, quatro cambalhotas e um mortal. Deu certo. Não acredito!

— Então eu aceito. Quando nos veremos?

— Sábado? — arrisco.

— Que tal no domingo? Você costuma acordar cedo?

— Mais ou menos. — Em um domingo? Provavelmente não. Passo o número do meu celular para ela, por garantia. — Te encontro na loja?

— Não. Aqui na loja, não.

— O que você sugere?

O silêncio se instala no telefone outra vez. Até que Ayako diz, com a voz já quase tão alta quanto a minha, como se tivesse acabado de formular um plano:

— Acho que sei exatamente qual é o melhor local...

E enquanto ela me conta, exibo um sorriso tão amplo no rosto que quase engulo o celular.

CAPÍTULO 18

Dois dias depois, estou parado aos pés da escada de saída da Estação Liberdade. São 7h05, portanto, Ayako está atrasada em cinco minutos para o horário que ela mesma sugeriu. Não me importo, apenas imagino meus pais acordando e se perguntando o que me deu para sair tão cedo de casa.

Quando Ayako surge à minha frente com seu corpo mignon encaixado dentro de uma roupa colorida de ginástica e os cabelos presos em coque, meu instinto é levantá-la pela cintura e aninhá-la em meus braços. Ela se aproxima, me abraça numa onda de perfume e trocamos beijos nas bochechas. Ri enquanto seus olhos-de-personagem-mangá analisam meu rosto e avaliam meu estado de espírito (ou se ao menos existe um espírito dentro do meu corpo a essa hora da manhã). Provavelmente meus ossos se moverão sozinhos aonde quer que iremos.

Eu gostaria de estar mais animado, de verdade. É nosso primeiro encontro. Mas quem consegue se animar de pé num domingo às 7 horas da manhã?

A resposta é: Ayako.

A explicação dela é que a loja de luminárias não deixa de abrir um dia sequer. Nos fins de semana, por causa da feirinha da Liberdade, o movimento é intenso. Ela precisa subir as grades às 10h00 em ponto. Embora já tenha deixado o estabelecimento a cargo de Ho e ojiisan algumas vezes, informa que seu amigo chinês anda meio estranho. Portanto, teremos três horas de diversão juntos.

Eu bocejo várias vezes enquanto pegamos o trem até a Estação Paraíso. Apesar de tudo, o encontro nas dependências do metrô fora sugestão de Ayako. Eu adorei. Foi o primeiro lugar onde nos vimos, e eu espero que ele nos transporte a novas descobertas.

Saímos da estação em direção ao Viaduto Santa Rosa, acima da Av. 23 de Maio. De lá, enxergamos o Obelisco. Caminhamos por um bom trecho até chegarmos ao Parque do Ibirapuera, o mais importante de São Paulo. Há muito tempo que não venho aqui, se não me engano, desde uma exposição sobre Pablo Picasso na OCA, sei lá quanto anos atrás. Não costumo dar as caras em parques, pois a maioria das pessoas os frequenta para fazer exercícios enquanto eu me abstenho deles, embora o Dr. Evandro sempre diga que há espaço para caminhadas leves na minha vida. Porém, o trajeto que vencemos para chegar até esse local quase me esgota, mesmo que o ar dentro do parque seja revigorante. Para piorar as coisas, sou pego de surpresa pela voz de Ayako:

— Vamos correr um pouco?

Me parece óbvio que esse é um programa costumeiro para Ayako, que seu corpo mignon deve ser resultado de uma mistura da boa genética oriental com exercícios regulares. Só que eu não quero contar a ela sobre meu problema. Fazer isso no primeiro encontro é como dividir a conta do restaurante. Mas também não posso recusar o convite sem uma boa explicação. Então eu olho para a ciclofaixa. Dos males, o menor.

— Que tal andar de bicicleta? Vamos pedalar por aí?

— Tudo bem — diz ela, sem nenhuma diligência.

Chegamos na barraca de locação de bikes, mas vejo no cartaz que o horário de funcionamento é daqui a meia hora. Bate um desespero. Noto alguns garotos que manobram as bicicletas para dentro da barraca e peço licença a Ayako. Eu me aproximo de um deles. Tento insistentemente convencê-lo a adiantar o horário do aluguel, ofereço até uma grana a mais, mas não tem jeito, pois precisamos deixar os nossos documentos e o responsável ainda não chegou. Eu pergunto como eles vieram até aqui. "Em nossas próprias bikes", diz o garoto e aponta para algumas um pouco enferrujadas em um canto da barraca. E assim que eu abro a carteira, tudo se resolve.

Quando Ayako vê que eu consegui, exalta-se.

Andar de bicicleta sempre foi uma das minhas coisas preferidas quando eu era criança. Infelizmente isso se perdeu com o tempo e, mais tarde, com a doença. Portanto, assim que subo na bicicleta, inundado por uma onda de medo pelas minhas atitudes, não chega a parecer a primeira vez, mas demoro um pouco para me equilibrar. Ayako aguarda com paciência, sem nenhum comentário. É algo que venho percebendo nela. A garota é bastante discreta, não importa os sinais que vê. Por exemplo, nunca perguntou sobre quem desenhou o coração na mochila que carregava quando estive na loja.

O começo da pedalada é inseguro, mas logo se torna libertador. Para começar, embora quente, o sol despontou há pouco e, ainda assim, as sombras das árvores garantem nosso conforto. A essa hora não há uma multidão de pessoas, elas surgem devagar, como se fossem salpicadas pelo caminho. Ouvimos o barulho dos pássaros (e de um ou outro avião, afinal, estamos próximos do Aeroporto de Congonhas e nem tudo é perfeito). Vemos um casal de quatis escalar uma árvore, paramos para assistir aos cisnes e patos no imenso espelho d'água da lagoa, passeamos pelo Jardim das Esculturas de Burle Marx e circundamos o MAM. Ficamos animados à medida que passeamos e conversamos sobre nossas vidas. Ayako conta um pouco de sua história, que é trágica e curiosa. Resumidamente, descubro que os pais dela morreram há muito tempo. Aqui inicia a parte trágica, pois ocorreu em um acidente de moto, mas ela não conta muito além disso. Embora com um desejo irremediável de cursar Psicologia, Ayako interrompeu os estudos logo após se formar no ensino médio para ajudar seu ojiisan a cuidar da loja. Aprendeu a falar japonês com ele desde cedo, seu signo é Áries e ela não suporta levar sustos nem lugares muito cheios que não sejam ao ar livre. Ela comenta sobre os negócios da loja, depois conversamos sobre os poucos lugares onde já viajamos e onde gostaríamos de ir algum dia. Aqui vem a parte curiosa. Tomada de um espírito aventureiro — talvez pela vida reprimida entre quatro paredes de uma loja de luminárias —, as cidades que Ayako sugere envolvem passeios como trilhas ou subidas. Do meu lado, evito falar sobre minha doença e passo a ideia de possuir uma alma mais conservadora, sugerindo excursões culturais e menos arriscadas. Em determinado momento, conto para ela sobre como gostaria de levar meus pais a uma dessas viagens. Isso transmite a parte dos relacionamentos pessoais. Incluo alguns conhecidos da faculdade e até mesmo Penken na conversa, mas poupo seus ouvidos dos detalhes pouco higiênicos do meu melhor amigo. E também evito falar de Malu, lógico.

Depois de todo esse tempo pedalando, começo a me preocupar com meu ritmo cardíaco, parece que chegarei no limite em breve. Mesmo com o marca-passo, lembro-me das eternas recomendações do Dr. Evandro e sinto-me inseguro. É um desafio que se torna perigoso a cada minuto.

— Vamos parar um pouco? — sugiro.

— Sim. Mas eu quero te levar a um lugar antes.

— Tem algo que nós não vimos ainda? Estou quase com a língua para fora.

Ela morde os lábios num sorriso.

— Venha comigo, seu preguiçoso!

Ayako parte na frente, sem me dar opções. Damos a volta no Planetário e chegamos a um lugar que eu nunca vi nas poucas vezes que visitei o Parque do Ibirapuera, o Pavilhão Japonês. Há um pequeno museu na parte de baixo, mas não entramos nele. Ayako me conduz a uma escada lateral, onde pode-se ler "Carpas" em uma placa, com uma seta para cima. Nós subimos até o segundo andar e atravessamos uma ponte, depois passamos por um salão. Encontramos uma varanda, onde o sol escora-se mais ameno. Sentamos na beirada dela, Ayako ao meu lado, quase encostada em mim. Olhamos para as carpas que nadam no pequeno lago artificial abaixo de nossos pés.

— Eu não tinha ideia que existia — comento. — Por que você quis me trazer aqui?

— Tudo que você está vendo foi construído no Japão e remontado nesse lugar durante o Quarto Centenário da Cidade de São Paulo, em 1954, depois de uma intensa campanha da comunidade nipo-brasileira. O Pavilhão Japonês é um símbolo da amizade entre os dois países.

— É surpreendente. Não imaginava que tivesse sido feito há tanto tempo, muito menos que houvesse sido trazido de tão longe.

— Sim. O barro que segura as paredes do edifício veio de Kyoto. A ponte que passamos, por exemplo, recebeu uma demão de tinta de caligrafia japonesa, para que conservasse mais. Tinta de caligrafia. Pode imaginar? — Ela toca a madeira como se quisesse sentir a essência dela. — É feita de um tipo de cedro oriental super-resistente. Já ouvi dizer que toda essa estrutura pode resistir a trezentos anos — revela. — Ali dentro, onde existe um cordão de isolamento, é o salão Chashitsu.

— O que significa?

— É o salão do chá, que representa um tipo de cerimônia oriental. Normalmente é feito por mulheres que vestem trajes apropriados para a ocasião. Elas servem o matcha, uma espécie de chá verde pulverizado. A cerimônia consiste em várias sessões e pode levar horas. Elas praticam durante todo esse tempo.

— Como gueixas?

Ela ri da minha forma desajeitada.

— Não como gueixas. Mas elas se vestem com quimonos blasonados e o tabi, que é a meia branca.

— Eu gostaria de vê-la vestida dessa forma. Como isso será praticamente impossível, talvez eu a desenhe.

— Me desenhe? Como assim?

— É um dom que tenho. Todo mundo que vê meus trabalhos diz que eu preciso levar minha arte adiante. Fico feliz em pensar que sou bom em alguma coisa.

— Sério? Eu preciso ver isso algum dia. Quem sabe a cultura oriental não inspire algum trabalho seu?

Eu quero dizer a ela que já aconteceu, que nunca existirá inspiração maior do que a que resultou no desenho que está no meu tablet, mas me reservo, porque existem momentos certos para revelar segredos.

Eu comento:

— Você ainda não me respondeu à pergunta.

— Qual delas?

— Por que você me trouxe até aqui?

Ayako me observa. Parece que seu peito está comprimido, assim como seus olhos orientais. Ela me responde com uma pergunta:

— Você não consegue imaginar, Leonardo César?

Ayako apoia a cabeça em meu ombro. A partir desse instante, minha consciência passa a absorver cada parte do meu corpo que se encosta nela. Eu giro o pescoço para apreciá-la, mas minha atenção é desviada para a sua boca, os mesmos lábios úmidos que desenhei e que estão agora a poucos centímetros dos meus. Penso que eles são mais reais que toda a natureza à nossa volta.

Seus dedos tocam logo abaixo da minha orelha e meu corpo estremece em todos os degraus. Ela acaricia meu rosto, a barba por fazer. Eu abaixo sua mão e entrelaço meus dedos nos dela. Não sei se ela sabe, mas é um sinal de que desejo entrelaçar nossas almas, junto.

Movimento meu tórax de modo lento, suficiente para seu rosto deslizar e ficar de frente para o meu, apoiado em meu braço. Desfaço seu rabo de cavalo. Os cabelos, mais negros que a tinta caligráfica impressa na ponte, criam ondas pelo espaço e juntam-se aos meus pelos. É a partir desse instante que percebo que nos colocamos muito próximos, tão próximos que minha respiração se mistura à dela. Passamos a respirar juntos, de forma ritmada e irradiados pelo sol que esquenta nossas peles descoradas.

E sob o testemunho das carpas que nadam abaixo de nossos pés, nós nos beijamos.

Para Continuar

Quando Ho se levanta da cama, está tomado de pensamentos obscuros. Isso não é nenhuma surpresa, pois adormeceu na companhia deles. Esfrega os olhos inchados e nota o sol pela janela. Ainda é cedo. Seria um belo dia para pedalar, mas recorda-se da sua bicicleta inutilizada e a tristeza parece não ter fim. Se não fosse pelo fato de que esse é o único horário possível para executar seu plano, talvez permaneceria no quarto. Todavia, o tempo está passando e não há nada que vai impedi-lo de cumprir sua missão.

Ele desce até a loja. Ela está fechada. Não vê movimento algum, exceto pelos peixes no aquário. Imagina que Ayako deve ter saído para executar seus exercícios dominicais. Ojiisan ainda não deu as caras.

Volta para o andar de cima. Na hora em que pisa silenciosamente dentro do quarto de Ayako, vê pelo espelho dela que ele ainda não penteou o cabelo e que tem o pijama amarrotado. Sequer escovou os dentes. Ainda bem que ela não está lá, vendo-o dessa forma e sentindo o bafo que sai de sua boca. E chamando a sua atenção por causa dessas coisas bobocas.

Ho sobe na cama de Ayako. Os braços e pernas formigam porque é cedo ou porque está inseguro, não sabe bem. Mas sabe onde Ayako guarda a chave, porque ela nunca teve pretensão de escondê-la dele e o objeto fica quase a olhos vistos, dentro de um pote que ele não lembra quando ela ganhou. Ho imagina que ela apenas acha que ele nunca a usará, mas desconhece da sua nova situação, com atitudes que nunca teria antes, afinal, Ayako ainda não foi comunicada de que ele é um explorador agora. Ele suspende os braços e retira o objeto do pote que descansa na estante que corre pela parede, bem rente ao teto, repleta de livros. Desce da cama de forma desconjuntada e aterrissa numa pancada surda no chão. Congela por um tempo, com receio de que ojiisan tenha escutado. Como explicar a chave na sua mão? Pensa que se acontecer, o melhor seria engoli-la para desaparecer com as provas, mesmo que isso arruinasse a próxima parte do seu plano.

Entretanto, depois de um tempo, nada acontece.

Ho desce as escadas e vai além do piso da loja. Ancora na frente da porta do porão. Vê as luzes que fogem por baixo dela. Sua mão treme, sem controle.

Finalmente encaixa a chave na fechadura, mas ela quase o repele, como quando descobriu que os ímãs agem da mesma forma e brincou com eles por vários minutos na escola. Ele olha para a chave na esperança de que ela vá responder numa língua humana e explicar a ele que Ayako está certa, que ele nunca teria coragem de utilizá-la, mas jamais ocorrerá. Então Ho fecha-a dentro do punho até que desapareça dos olhos, sem colocá-la de volta na fechadura enferrujada.

Sua vista escurece por um momento e depois retoma o foco. Uma bola de fogo explode dentro dele e o faz desejar ser mais alto e mais forte, como devem ser todos os outros exploradores. Tenta se lembrar do que leu sobre fios desencapados e choques, e se realmente pode morrer ao entrar no lugar, mas não se recorda de nada, talvez porque o medo tem o poder de impedir as pessoas de raciocinar direito e é o que acontece com ele agora. Jamais se sentiu tão aterrorizado, e provavelmente nunca conseguirá atravessar a passagem. E, se não consegue fazer isso, nunca vencerá o seu oponente e chamará a atenção de Ayako da maneira como deseja.

A não ser...

De repente, seus olhos passam a ir para lá e para cá, com rapidez. Se há algo perigoso atrás da porta, talvez consiga alcançar seu objetivo de uma forma que não cogitou e que deveria ter sido a primeira ideia em sua cabeça. Afinal, raciocina Ho, já escutou Kong citar certa vez sobre "eliminar a concorrência", e agora ele sente-se esperto o suficiente para compreender o que de fato significa. Parece tão claro quanto as faíscas que cortam o ar do lado de dentro do porão nesse exato instante.

Ho se lembra de Ayako dizer que o chaveiro da rua de trás funciona 24 horas por dia. O homem que nunca dorme. Ele decide se vestir e sair para fazer uma cópia da chave, antes que ojiisan se levante e Ayako retorne para abrir a loja. Depois guardará a original no mesmo lugar que achou. E sorri ao perceber que aquele-que-incomoda-Ayako terá sérios problemas quando der as caras de novo.

CAPÍTULO 19

Ainda é cedo quando chego em casa. Apresso-me para beber um copo d'água. Não quero desfazer o sabor do beijo de Ayako da minha boca, mas estou com a camiseta colada de suor e preciso me recuperar da experiência perigosa a qual entreguei meu corpo nessa manhã, ainda que seja um simples passeio de bicicleta. Só que, infelizmente, para o meu coração, nenhum passeio é tão simples a ponto de ser ignorado. E nem irei comentar quanto ao que fiz com ele quando toquei os lábios de Ayako pela primeira vez, e por todas as repetidas vezes que se deram a seguir, até nos despedirmos no metrô. Por outro lado, o sentimento é libertador. Eu sobrevivi ao teste que eu mesmo me impunha e talvez não seja um sujeito tão bunda mole assim. É certo que precisarei, daqui para frente, de um aparelho de titânio controlando meus batimentos cardíacos, gerando pulsos regulares que satisfazem a oxigenação do meu corpo, como ocorre agora. Mas isso está longe de me deprimir. O marca-passo funciona com perfeição e, em vez de subestimá-lo, admiro como algo tão pequeno pode ser poderoso a ponto de decidir por uma vida.

Quando chego à porta da geladeira, noto um bilhete com a letra da minha mãe, grudado por um ímã tão antigo quanto a camiseta que visto:

"Onde você esteve tão cedo num domingo? Não leva mais o celular??? Saímos para fazer as compras da quinzena.

*Seu pai atrapalhado quebrou a torneira da pia do banheiro.
Por favor, não abra. Ele tentará consertá-la quando voltarmos.
Não se esqueça dos remédios!"*

É claro que eu me recordei do celular, mas somente quando já estava a caminho do metrô. Esqueci-o conectado à tomada e não pensei em voltar para buscá-lo. Tirando o fato que minha mãe deve ter quase surtado quando acordou e o viu abandonado no quarto (e que meu pai provavelmente segurou a onda dela), tudo ocorreu da melhor maneira possível, em especial porque eu e Ayako não tivemos interrupções.

Devidamente hidratado e medicado, entro no banheiro e tiro a roupa. Evito a torneira da pia; a outra, do chuveiro, giro para deixar cair uma ducha fria que me revigora até a alma. Estou tão excitado que demoro mais tempo que o normal.

É bom estar em casa, sozinho, sem preocupações.

É bom estar confiante. É bom estar em paz.

Quando saio do banheiro, um pensamento reflexivo me compele a telefonar para os meus pais e avisar que está tudo bem. Antes disso, porém, resolvo ligar para Penken. Ele anda meio sumido. Ou eu estou, sei lá. Faz dias que não nos esbarramos, nem mesmo na faculdade, e me parece justo contar as novidades para o meu melhor amigo.

Ele atende com voz de quem acordou agora. Se soubesse tudo que já fiz hoje, diria que estou maluco.

— E aí, Penka, beleza?

— Sussa...

— Sumiu por quê?

— Sumi nada. Você é que tá cheio de parada aí, sem hora pros amigos. Tô até com saudades dessas tuas camisetas velhas...

— E eu, da tua nareba.

— Legal. Tá parecendo papo de boiola. O que conta de novo?

Eu inflo o peito de orgulho.

— Eu e Ayako ficamos juntos hoje.

— Aêêê, moleque! — faz um estardalhaço e eu quase afasto o ouvido do celular. — Mas péra aí... Você não quis dizer ontem? Que horas são? — Posso ouvi-lo bocejar.

— Não, eu quis dizer hoje mesmo, mais cedo, no Parque do Ibirapuera.

— Fala sério! Lugarzinho cheio de gente. Escroto pra dar uns amassos...

— Só se for na tua cabeça. Ela me levou até um local chamado Pavilhão Japonês. Não tinha nada mais perfeito do que aquele lugar. E mais: graças a ela, dei uma boa pedalada hoje. Acho que pelo menos uns dez quilômetros. Não senti nada.

— Aí, sim... Tava na hora de você parar de assustar os outros com essa tua insegurança com o coração. Você tem que viver mais, cara! Ninguém aguenta escutar essa tua neura, isso atrai coisa negativa. Esse marca-passo só vai te ajudar. Esconder esse troço dos outros... Malu que o diga.

De repente algo me chacoalha e, quando termina, fico dividido entre o antes e o depois da fala de Penken.

No início achei que era uma brincadeira, porque: primeiro, nem parecia Penken falando. Segundo, ele disse tudo de forma pausada, sem atropelos. Terceiro, ele costuma utilizar o nome da Malu para exemplificar coisas negativas, não positivas.

— Isso é meio esquisito — exponho.

— Por quê?

— Em nenhum momento comentei com você que encontrei com Malu, muito menos que ela sabia sobre o marca-passo.

Há um silêncio tão forte que é quase um rangido. Posso escutar o pensamento de Penken do outro lado da linha: "Fiz merda!".

— Eu quis dizer que você deveria ter contado...

— É claro que não foi isso.

Um novo silêncio.

— Cara, eu tenho uma coisa pra te falar...

Sempre achei que essa é a pior frase do mundo que uma pessoa pode dizer a outra. Parece que agora vou tirar a prova dos nove.

— Fico supermal em dizer isso dessa forma, mas eu e a Malu... bem... rolou um negócio, já faz uns dias...

A ficha cai completamente. Eu arregalo os olhos.

— Você tá brincando!

— Não tô, não.

Penken. Malu. A porta da faculdade. O papo sobre a minha internação.

— Então *você* é o amigo que ela comentou dentro do carro?

— Ela me contou que vocês conversaram. Malu tem me deixado na faculdade às vezes. Por pouco nós dois não nos encontramos naquele dia.

— Não nos encontramos por quê? Vai dizer que você se escondeu de mim?

— É claro que não! Tá maluco, Léo? Eu ia fazer isso contigo, moleque?

A surpresa dá lugar à irritação e eu aumento o tom de voz:

— Pois fez coisa pior! Sequer me disse que estava saindo com alguém, principalmente Malu. — Eu paro e penso. — Naquele dia em que conversamos no sofá, aqui na sala, você omitiu, não é mesmo? E ainda perguntou como tava meu relacionamento com ela... cacete... — Eu passo a mão pelo cabelo úmido, nervoso. — Malu é minha ex-namorada e você é meu melhor amigo! Eu podia esperar isso de qualquer sujeito, menos de você.

— Não estou entendendo os seus motivos...

— Você sabe bem os *meus* motivos! Pensou que eu reagiria como? Ou vocês acharam que conseguiriam esconder esse segredo de mim eternamente?

— Claro que não! Eu só não sabia que tinha que pedir sua permissão para realizar meus próprios planos.

— E eu não sabia que você era a fim da Malu! Isso vem desde o tempo que a gente namorava? Não acredito...

Ele me interrompe.

— Ei, péra lá! Agora você tá ofendendo a gente, cara! A Malu nunca fez nada pro namoro de vocês, ela é uma garota bacana. A gente só se aproximou de uns tempos pra cá. Nós estávamos preocupados em contar pra você por causa do teu coração...

— Deixe meu problema fora disso. Ele não te diz mais respeito.

— Ah, é? Ah, é? — Penken claramente está nervoso, como eu. — Pois eu não sei por que você tá desse jeito! Parece até que ainda gosta da Malu. E a sua deusa oriental, como fica?

— É outra coisa que não te diz mais respeito também.

Eu imagino Penken agitado, remoendo o interior do nariz com o dedo. Lembro-me de todos os CDs, *video games*, *blu-ray discs*, livros e demais objetos que emprestamos um ao outro durante esse tempo de amizade. É impossível saber o que já foi devolvido ou não, mas pouco me importa. Só que não me sinto bem.

Tem algo errado nessa história, algo que me puxa para baixo como uma espiral infinita, sem que eu consiga lutar contra essa força. Num ponto, Penken acertou em cheio: sinto-me bastante irritado, mas fica difícil explicar a razão. Tenho certeza que, depois da manhã de hoje, não é ciúmes de Malu. Mas o que é, então? Sentimento de fracasso? Ou talvez eu passe por algum momento de transição, assimilando a perda da pior maneira possível? Será que eles se importam comigo da mesma maneira que eu me importo com eles?

Não, não está correto. E eu não quero continuar falando com ele. Não mais.

— Bom, acho que ficamos por aqui.

— Então é isso? Já disse tudo? Terminou com o *mi-mi-mi*?

A última palavra, colocada no calor da discussão, age como se arrancasse sangue dos meus ouvidos.

— Eu sabia que você se esforçava para ser um babaca completo, mas não acreditava que fosse acontecer. Obrigado por tudo, seu traíra!

E desligo o telefone, sem dar chances de réplica.

A paz que eu sentia há pouco acabou desaparecendo. É impressionante como certas coisas são capazes de destruir um momento tão feliz. Talvez eu ainda continue sendo o bunda mole de antes, porque é difícil imaginar duas das pessoas mais próximas de mim armando pelas minhas costas, e só existe uma maneira de fazer com que isso não me importune por muito tempo.

Apago os telefones de Penken e de Malu da lista de contatos do celular, conecto nas redes sociais e bloqueio os dois, acreditando que, dessa forma, afastarei ambos da minha vida. E, se eu já tenho uma ex-namorada para a minha coleção, quem sabe posso me vangloriar de ter também um ex-melhor amigo.

Ayako chega à loja de luminárias quase na hora de abri-la. Mal consegue manter a estabilidade, sentir o peso do corpo. É como se fosse flutuar até encostar a cabeça no lustre mais alto do estabelecimento. Ou então subir as escadas sem tocar nos degraus de madeira e levitar pelo corredor até o seu quarto, tal qual o ryu ou tatsu, o popular dragão japonês estampado na noren que divide a loja dos outros cômodos. Pois é o que quase acontece quando ela irrompe pela porta, numa velocidade tão grande que chega a se esquecer de como chegou até esse ponto.

Por sinal, seus pensamentos estão bem ocupados. Ela deixa que o baque surdo da porta reverbere pelo ambiente. Nesse instante, não quer saber se Ho ou ojiisan estão acordados ou o que será que imaginam de suas atitudes. Se pudesse, despertaria o planeta inteiro com um grito de felicidade.

Desaba na cama, sem se preocupar com as roupas ou o corpo suado, coisa que nunca fez antes. Gira as pernas para o lado, agarra um travesseiro e fecha os olhos. Vê o rosto de Leonardo à frente. Quase pode tocá-lo de tão palpável e deslumbrante que surge, como num breve instante de magia.

Magia?

— Oh, meu Deus!

Impulsionada pela suposição que surge, Ayako sobe no colchão e apanha a chave dentro do pote que está na estante de livros. Em seguida, dispara para fora do quarto. Finalmente vê, de relance, Ho e ojiisan em seu desjejum, mas não fala com eles, nem escuta o que eles dizem (se é que dizem algo). Sua única ambição é descer as escadas o mais rápido que conseguir. Porém, ao contrário da subida, dessa vez ela sente o vigor de cada degrau e parece que demorará uma eternidade até alcançar o último nível da casa.

Não se recorda da última vez que se achou tão esperançosa. Diz para si mesma: "Estou pronta para o que vier!". Só que a pulsação acelerada e o ritmo frenético da sua respiração parecem não concordar com a frase. Ela precisa dominar a situação. Mas como fazer isso se está prestes a ter a maior revelação de sua vida? Ao menos, é o que espera que aconteça. Caso contrário, a decepção será grande demais, e ela nem imagina como reagirá.

Os últimos degraus rangem sob seus pés.

Ayako encaixa a chave na fechadura. Sabe que são necessários dois giros para destrancá-la, mas sua mão contorce de tal forma que ela poderia julgar que nunca abriu a porta. Quando arrasta a antiga madeira, aparentemente tem a visão de outrora: as lanternas brilhantes formam uma grande rede de estrelas no teto, convidando-a para um passeio através dos olhos, no único lugar do mundo onde a vida põe a realidade de lado e torna-se uma fantasia inflexível.

Ela ingressa no porão, encosta a porta e inicia a sua busca. Caminha, sabendo que não existem objetos onde se apoiar, apenas o espaço à sua volta e o chão de cimento. E, por isso, a frequência de ojiisan nesse lugar tem sido cada vez menor, pois ela não quer que ele se machuque.

Ela precisa verificar os ideogramas que surgem em cada uma das lanternas, que não são poucas. Na verdade, elas passam de milhares. Não há lógica ou regras nesse lugar. Porém, pode presumir que a lanterna que procura se encontra próximo ao local onde seu avô disse que um dia esteve a de seus pais, e com menos legitimidade para os seus propósitos, a que tem hoje seu nome e de Ho marcados. E é justo ao lado dessa que Ayako a encontra.

Lá está ela. Finalmente.

Ayako identifica os ideogramas. Mal pode acreditar! Cai de joelhos e chora. Um choro feliz, como chegou a duvidar que um dia teria.

De repente, não há mais nenhuma outra lanterna à sua volta (elas continuam lá, mas perdem a importância), e a que está sobre a sua cabeça a enfeitiça como a lua cheia que se impõe na noite mais escura de todas, tão serena e promissora que ela daria tudo para tocá-la uma única vez, mesmo sabendo que nunca acontecerá.

Ayako permanece por algum tempo ajoelhada, quase hipnotizada, até que percebe que logo sentirão sua falta e que é necessário levantar as grades da loja para começar o expediente. Ainda precisa tomar um banho e se arrumar. Ela enxuga as lágrimas com o dorso da mão e volta pelo mesmo caminho percorrido anteriormente. Não quer se desgrudar da lanterna, mas se vira a todo instante e a vê cada vez mais distante, segura de que estará lá tantas forem as outras vezes que pelo porão adentrar.

Quando sai pela porta e sobe as escadas, encontra ojiisan sozinho na cozinha. Ele está de pé e apoia os dedos finos de uma das mãos na mesa. Ayako sente uma súbita vontade de chorar outra vez, porém, mais do que demonstrar sua emoção, ela quer transmitir a ele que finalmente entendeu as suas palavras de anos e anos e que está pronta para lidar com essa nova fase.

— Eu a encontrei, ojiisan. Eu a encontrei! — anuncia.

Ojiisan sorri. Ela se aproxima dele. Ele a abraça com seu corpo franzino e transmite a felicidade que sente por acometimentos silenciosos. Porém, apesar da alegria sublime que preenche todo o interior do cômodo, Ayako percebe que seu avô não está normal. E, ao segurar os pulsos dele, fica assustada.

— O que é isso, ojiisan? Você está com febre?

— Deve ser apenas uma inflamação na garganta, Ayako-chan.

— Você estava com Ho agora há pouco. Parecia normal. Há quanto tempo está assim? Por que Ho não me avisou do seu mal-estar?

— Ayako-chan, por favor, pare de culpar o rapaz. E não se preocupe comigo. Hoje é um dia especial, dê-me as boas novas — diz ele, num hyōjungo de tom fraco.

Os olhos piscam demoradamente e um langor toma conta do seu rosto, apesar do esforço que faz para se apoiar na mesa.

Sem mais demora, Ayako apoia o braço quente de ojiisan em cima do seu antebraço, com a intenção de ajudá-lo. E avisa:

— Nada disso. Teremos muito tempo para conversar. Vamos para seu quarto, o senhor precisa se deitar e repousar. Enquanto isso, vou preparar um chá hojicha para afastar essa enfermidade de vez.

CAPÍTULO 20

Na semana seguinte, estou caminhando no meio da aglomeração de pessoas que saem apressadas da faculdade quando visualizo as costas largas de Penken alguns metros adiante. Eu diminuo o passo, mas só um pouco. Não quero esbarrar com ele, porém minha curiosidade destoa pelo meio da multidão como se fosse um coágulo sanguíneo, pois tenho um palpite que ele não voltará sozinho para casa. E passo a ter certeza disso assim que vejo o enorme carro de Malu do outro lado da rua, com o pisca-alerta ligado.

Penken se dirige até a porta do carona e a abre. Posso ver Malu lá dentro, de relance. Ela usa uma camiseta justa e uma minissaia verde que conheço bastante, porque expõe suas coxas a partir de uma altura que sempre me deixou louco. Está tão atraente que quase grito na direção deles para impedi-los.

Penken pula no banco do carona. Imagino o ar-condicionado do carro ligado no máximo, os pelos das pernas de Malu eriçados e o que Penken irá fazer com elas, com suas mãos suadas e seu nariz quase imoral.

Antes que se beijem, a porta se fecha com seu maldito vidro fumê. Segundos depois, o carro parte e sai do meu campo de visão.

Somente nesse instante eu noto que prendi minha respiração e volto a inspirar com força. Sinto-me um trapo, com minha camiseta vermelha "Bazinga!" (sim, fiz de propósito) e a mochila nas minhas costas. No fundo, sei que sou injusto, todos os pensamentos ruins que desejo a eles, especialmente porque eu devia estar me preocupando com minha vida. Mas tem algo nessa história que não me convence tal qual uma peça de Lego defeituosa, que mesmo espalhada entre tantas outras, fica impossível não percebê-la.

Quando minha desorientação se dissolve, decido passar na loja de luminárias para ver Ayako e me alegrar um pouco. Não nos falamos mais, e não pretendo deixar esmorecer o que aconteceu conosco no domingo. Quem sabe ela consiga escapulir alguns minutos da loja e lanche comigo? Eu a convidarei, claro. Só que, em breve, terei que contar a verdade a meus pais ou não conseguirei justificar meus trocos indo embora ou os gastos no cartão de crédito limitado que deixam comigo e que serve "para situações emergenciais".

Saio do metrô e caminho até a loja de luminárias. Abro a porta e vejo apenas Ho atrás do balcão. Congelo. Com o soar da sineta, ele também me presencia. Pela primeira vez, não pensei na possibilidade de encontrá-lo sozinho. Tenho a sensação de que deveria ter me preparado melhor, não fazer as coisas por impulso ou talvez telefonado antes para a loja. Mas não vim para mexer com a cabeça de Ho ou discutir com ele. Quero apenas melhorar meu dia.

Pena que não depende só de mim.

Ficamos parados dentro da loja, separados apenas pelo balcão, como dois homens que irão se duelar no Velho Oeste, aguardando um pela ação do outro e imaginando se devemos agir primeiro e mais rápido. Mas, de modo estranho, Ho está com o semblante quase aristocrático. É verdade que ficou surpreso ao me ver, porém, a impressão desfez-se como um apagar de luzes. Desde que entrei ele não ficou agitado, não deu tapas nas têmporas nem socou nenhum objeto no balcão, portanto, preciso mesmo me preocupar? Pelo contrário, só me vem à cabeça o quanto somos equivalentes em corpo e tamanho, assim como da primeira vez que nos vimos. Não sei se é algo estranho de se pensar. Parece que sim. Mas não sei se é realmente.

Ele não me deixa falar nada. Caminha na minha direção, olhando para os próprios pés, e diz ao chegar mais perto:

— Ayako está no porão.

Depois retira uma chave do bolso e me entrega.

O breve sorriso que me dá sem olhar nos meus olhos é reconfortante e assustador ao mesmo tempo. Mas confio que dentro da sua cabeça estranha ele entendeu que eu não sou nenhum inimigo, muito menos que pretendi ser algum dia. Talvez Ayako tenha um dedo nisso. Talvez ela tenha explicado a ele e Ho passou a compreender. Talvez ele saiba que eu e Ayako estamos saindo juntos, mas não serei louco de testar a consciência dele, pois, se estiver enganado, não faço ideia de como proceder caso ele tenha alguma crise ou algo parecido; afinal, nem vestígio de ojiisan e seu poder reparador por perto. Porém, todos os sinais indicam que Ho quer que eu me encontre com Ayako ao me emprestar a chave.

— Posso mesmo ir até lá?

Ele faz que sim com um movimento de cabeça que me lembra um ator canastrão de novela. Droga, o que estou fazendo? Ainda estou manchado de raiva por causa de Penken e Malu, e não é por causa disso que preciso visualizar encenação e fingimento em todos à minha volta. Chega de pensamentos ruins! Até porque percebo que minha indecisão começa a deixar Ho agitado, talvez ansioso.

— Obrigado — solto.

Eu desvio dele e me encaminho em direção às pequenas cortinas com o dragão desenhado. Remexo nelas. Antes de atravessá-las, olho uma última vez para trás. Ho me observa à altura dos olhos. Ele parece satisfeito, quase a ponto de bater palmas. Melhor assim. Então eu atravesso as cortinas e desço os degraus de madeira.

Eles rangem de forma peculiar, como se quisessem me lembrar que estou obedecendo a algo que Ho está me sugerindo — e que talvez não haja nenhum problema nisso.

Ayako passou as duas últimas horas do início da tarde fazendo as compras que precisava para abastecer a despensa de casa. Ainda que carregar as sacolas pelas ruas irregulares da Liberdade seja uma tarefa difícil, ela não se sente nem um pouco cansada, muito pelo contrário; cada vez mais, sua animação demora a ir embora. Durante todo o passeio, permaneceu com o seu iPod ligado e os fones de ouvido ressoando as músicas melódicas de sua cantora favorita Rimi Natsukawa, dentre elas, a que faz recordar particularmente de Leonardo pelo simples fato de que compartilharam os fones naquele dia, no metrô. E foi pensando nele como uma melodia que nunca para de tocar que ousou comprar algumas maquiagens diferentes em um shopping bem conhecido na Rua Galvão Bueno, acreditando que poderia parecer mais atraente da próxima vez que encontrasse com seu amado.

Chega a ser engraçado pensar nessas coisas. Por várias vezes, encontrou no próprio rosto os traços orientais de sua mãe, e a brandura dela sempre bastou para se sentir segura e completa, portanto, foram poucas as ocasiões em que teve a necessidade de se maquiar. Isso a leva a outra reflexão. Pensa agora se *realmente* quis ser irresistível para alguém, algum dia. Sempre achou que eram todos suficientemente atraentes, sem distinção, pois seu avô dissera várias vezes que mais vale o interior da pessoa, como se fosse uma apólice de seguro para um bom relacionamento. É verdade que não trouxe sorte para seus raríssimos candidatos anteriores. Mas, com Leonardo, mesmo com tão pouco tempo, parece ser diferente. É mais do que apenas uma impressão. Ainda que um pouco insegura, ela pretende surpreendê-lo e ser surpreendida. E ela tem sorte, pois há uma lanterna no porão de casa que não a deixa ficar com nenhuma dúvida.

Quase no final de todas as suas tarefas, Ayako caminha pelo chão de pedras do Jardim Oriental, onde encomendou, em uma das barracas que fica na metade da trilha, o okonomiyaki que ojiisan tanto gosta. Ela sabe que, embora a febre tenha cedido, seu avô não goza de plena saúde, inclusive tem feito um barulho estranho cada vez que inspira e expira, um chiado que não partia de seus pulmões antes. Por causa disso, mal tiveram oportunidade de conversar sobre o surgimento da lanterna. Mas quem sabe depois da refeição de hoje? Afinal, ela espera que a comida irá alegrá-lo um pouco. Aproveitará e levará outro okonomiyaki para Ho, em agradecimento por ele ficar tomando conta da loja na sua ausência.

Mas sua animação é impulsionada para longe antes mesmo de atravessar o semáforo, quando avista Ho na calçada da loja. O que ele está fazendo? Esqueceu que o telefone não toca alto para se escutar do lado de fora? E a recomendação para que ficasse próximo de ojiisan, para caso ele o chamasse?

Ayako não acredita. Ho nunca fora tão desobediente.

Porém, sua descrença logo se transforma em uma preocupação real quando nota a inquietação dele. Ele está se virando para os lados, pressuroso.

Ela agarra as sacolas e atravessa ainda com o sinal aberto, desviando do trânsito.

— Ho, por que você está aqui fora? Eu não pedi para tomar conta da loja?

Ho, acossado e sem olhar para Ayako, passa a riscar a tinta vermelha da porta com a unha do dedão, descascando-a.

— Pare com isso, Ho. Vai estragar a pintura! — Ela tenta segurar seu pulso ainda com as sacolas, mas ele não deixa.

— Ayako tem raiva de Ho.

— Não estou com raiva de você...

— Está, sim.

Ela suspira profundamente.

— Ho, estou apenas pedindo para parar de fazer isso. Não vê que estou com as mãos ocupadas? Por que não vem me ajudar?

— Ayako está gritando com Ho. Ho não vai se sentir bem com isso! Ho não vai se sentir feliz com o que acabou de fazer lá dentro!

O coração de Ayako dispara.

Ela prende a respiração, mas precisa soltá-la para perguntar:

— Do que você está falando? É algo com ojiisan?

— Ojiisan está bem. Está muito bem.

— Então o que é?

— Ho está falando das faíscas perigosas. Do fio desencapado. E daquele-que-incomoda-Ayako.

— Como assim? De onde você tirou essa ideia? Quem é que me incomodaria?

Ho passa a esfregar a unha com mais velocidade na tinta da porta.

— Leo... Leonardo.

De repente Ayako sente-se tonta e larga as sacolas no chão. Ao contrário de toda a manhã, tem uma súbita sensação ruim, o que faz com que seu cérebro fique nebuloso de uma hora para outra e precise de uma energia extra para trabalhar mais rapidamente.

— Oh, meu Deus... Ho, o que foi que você fez?

Ainda com um resquício de dúvida, encaixo a chave na fechadura da porta. A claridade que vem por baixo dela ilumina meus tênis, então, é provável que haja mesmo alguém dentro do porão, mas eu me sentiria mais à vontade se não houvesse a necessidade de alguém trancá-lo por dentro ou por fora. Talvez assim, minha atitude parecesse menos invasiva.

Só que minha expectativa de encontrar Ayako é bem maior do que transpassar qualquer porta, e logo ela não será um impedimento. Além disso, o que pode haver dentro de um porão além de algumas caixas, poeira e umidade? Preciso confiar que Ho está fazendo a coisa certa, querendo me ajudar. E mesmo que Ayako não goste da minha surpresa (o que espero que seja uma coisa impossível de acontecer), a opção de entrar aqui me foi oferecida, não fui eu quem a procurou. Ho, que deveria ser o maior obstáculo, acabou não sendo. Então...

Noto que a luz que transpassa por baixo da porta é um pouco estranha. Ela chega de forma irregular, quase em camadas, como se fossem várias lâmpadas tremeluzentes ligadas, em vez de uma. No fim, concluo que talvez seja o local onde eles fazem testes com as mercadorias orientais que Ayako encomenda ao dizer "koninchivá" no meio da noite, nada de mais. Só que, quando abro a porta, *nada de mais* é uma expressão que caberia confortavelmente em qualquer outro lugar do planeta, menos nesse.

Eu me deparo com um pequeno nível de escadas, mas a minha atenção não está voltada para os meus pés. Olho para minha frente. Há uma infinidade de lanternas orientais, as mesmas que são feitas de papel de seda e arames, e que são vendidas em lojas da Liberdade, penduradas aleatoriamente nele. Pensar que alguém teve trabalho para instalá-las é meio assustador (sem falar em qual o sentido disso), porém, muito mais assustador é perceber que o lugar tem um tamanho bem maior do que a casa acima dele. Sabe-se lá, maior até do que todo o quarteirão.

Desço os quatro degraus rangentes que me separam do piso de cimento. Deixo minha mochila no pé da escada. Observo a lanterna que está mais próxima da minha cabeça. Agora entendo o motivo das luzes tremeluzentes. Não são lâmpadas elétricas. Existe uma luzinha pequenina, uma chama, dentro de cada uma delas. Uma vela acesa, talvez. É o que as faz luzirem de forma irregular. E reparo que, apesar de todas as lanternas terem a mesma forma, os brilhos possuem coloridos diferentes. Uns são vívidos, outros são chamas quase exterminadas, e os demais se colocam em patamares que variam entre esses extremos. Não há, porém, nenhuma delas apagada.

— Ayako? — eu chamo alto, sem resposta.

Atravesso fazendo um pouco de zigue-zague, com receio de pisar em algo no chão desse lugar estranho, mas parece que, apesar do piso bruto, ele está limpo — o que destoa bastante, pois é inversamente proporcional à constelação acima da minha cabeça. O teto não é tão alto, as lanternas ficam a poucos centímetros. E, curioso, a temperatura parece mais agradável do que lá fora, nem calor nem frio.

Não há nenhuma corrente de ar, então, imagino estar mesmo em um local fechado, ou pelo menos as aberturas estão em pontos tão distantes que nenhuma das lanternas próximas a mim se mexem. É difícil focar a visão em apenas uma delas. Percebo que existem ideogramas gravados nas suas superfícies. Esses, sim, se distinguem, mas não faço ideia do porquê nem o que significam.

É óbvio que as lanternas são importantes. Ou elas não estariam aqui, escondidas. Mas agora, estranhamente, não me parecem lâmpadas em seus interiores, tampouco que há qualquer espécie de fogo dentro delas. É mais como uma luz que pulsa, ao contrário de tremeluzir. E faz um bem danado olhar para ela. Quase uma visão apaziguadora. O lugar inteiro, aliás, dá uma sensação de paz que nunca percebi antes.

Como uma criança curiosa, sou tomado por um ímpeto incontrolável de tocar uma das lanternas. Confiante, estico o braço em direção a que está bem acima de mim, uma com brilho intenso, mas sou interrompido no meio do caminho por um grito forte que vem de trás:

— Leonardo!

Minha adrenalina dispara perigosamente no momento em que me viro e avisto Ayako correndo do mesmo lugar de onde vim. Não sei se me alivio por encontrá-la ou envergonho-me por ser pego como um intruso. Afinal, parece que ela não estava aqui dentro e que Ho nunca deixou de ser Ho.

Assim que Ayako chega perto, ela praticamente pula e me abraça. Segura meu rosto com as duas mãos e preenche um círculo de beijos ao redor dos meus lábios. É quando eu percebo que está descontrolada, nervosa.

— O que aconteceu? — pergunto.

— Você chegou a tocar nela? Por favor, diga! — Sua voz está entrecortada.

— Calma... Não, eu não toquei. Por quê?

Ela me dá um abraço mais apertado do que antes. Preocupo-me de tocar no local onde está o marca-passo, mas não acontece. Quando seu rosto encosta no meu pescoço, sinto uma lágrima escorrer por ele. Está chorando. Fico preocupado.

— Ei, o que está acontecendo? Eu quis apenas fazer uma surpresa. Não pensei que você fosse ficar assim. Se soubesse, não teria descido até aqui.

Ela enxuga o rosto.

— Como você entrou?

— Ho me deu uma chave. Ele disse que você estava aqui dentro.

— Vamos sair, agora!

— Por quê?

— Leonardo, você não pode contar a ninguém o que viu aqui!

A coisa toda fica ainda mais estranha. Eu me descolo de Ayako, mas não dá pra me afastar das lanternas acima das nossas cabeças. Nossos corpos estão tomados de cores refletidas pelos objetos.

— Espere aí, eu gostaria que você confiasse um pouco em mim.

— Eu confio, mas não é essa a questão.

— Ah, é? Então, pra que tantas lanternas orientais juntas? É alguma mercadoria escondida? Vocês têm algum problema com o fisco?

— Não, não é nada disso! Eu só não posso explicar nesse momento. Ho ainda está do lado de fora da loja. Precisamos sair antes que ele entre e surja nas escadas...

Eu cruzo os braços.

— Ho, sempre Ho! Você ainda tem receio que ele nos veja juntos?

De súbito, Ayako levanta as sobrancelhas.

— Você está com *ciúmes* de Ho?

A pergunta faz com que eu me sinta um idiota.

— Leonardo, por favor, o assunto é muito sério! Ele não pode ver essas lanternas. Não sabe que as guardamos aqui.

— Tranque a porta, então. Vamos conversar.

— Não.

Eu encolho os ombros.

— Foi ele quem me deu a chave! Como pode não saber?

— Tenho certeza de que ele nunca entrou. Ho sente pavor só de pensar que há algo ameaçador aqui embaixo.

— Ele acha que tem algo ameaçador aqui e me convida a entrar?! Que reconfortante...

— Não é isso. O cérebro dele funciona igual ao de uma criança — ela deixa claro, talvez supondo que nunca cogitei a hipótese.

— Não interessa. Diga-me quem é Ho de uma vez por todas ou não sairei daqui.

Ayako abraça o próprio tórax.

— É a sua chance, Ayako. Conte-me.

Fico com raiva de mim por exigir isso, mas, ainda assim, sei que estou certo em pressioná-la. Não dá pra começar um relacionamento com tantos mistérios — embora eu também esconda o meu grande segredo. O problema é que não existe nada que eu queira mais do que abraçar e beijar Ayako, até mesmo escutar qualquer tipo de explicação. Mas me controlo para não ceder. Parte de mim tem esperança de que ela vá me convencer de que tudo não passa de um grande engano; no entanto, ela revela:

— Temos que cuidar de Ho ou corremos o risco de não conseguir manter nossa casa afastada de Kong.

— Não entendi.

— Não é uma história muito fácil de contar — adianta. — Ho e Kong nasceram na China, são primos em primeiro grau, e não possuem mais nenhum outro familiar próximo. A família de ambos fazia parte de uma das nove tríades chinesas de Pequim. São organizações com costumes muito antigos, que ainda hoje punem com tortura e exterminação. Seus pais eram discípulos e serviam a pessoas muito perigosas na China. Durante anos, além da repressão do governo comunista, as próprias tríades entravam em conflitos pelo poder ou a tomada de um território. Infelizmente a família de ambos sofreu uma emboscada. — Ela engole em seco. — O que aconteceu com eles foi algo muito triste, Leonardo. Ho tinha uma irmã um pouco mais nova do que ele... — Ayako coloca os dedos defronte ao cenho. — Eu não consigo nem pensar nisso, então, por favor, não me force a falar.

Eu faço levemente que sim com a cabeça. Não há necessidade de detalhes.

— Kong e Ho não estavam presentes nesse dia. Foi a sorte deles. Ainda na década de 1990, Ho escapou de Pequim com a ajuda de Kong. Depois disso, ambos vieram parar clandestinamente no Brasil. Órfãos, sem ninguém. Sobreviveram nas ruas do bairro. Kong, um pouco mais velho, cuidou o tempo todo de Ho, mas, em algum momento, algo o desvirtuou. Em vez de se redimir com tudo a que assistiu acontecer, Kong é hoje o principal membro de um tipo de atividade similar à que exterminou seus familiares.

— Espere aí! Estamos falando da máfia chinesa?

— Kong não se envolve com tráfico de drogas ou prostituição, mas controla parte da pirataria de produtos e costuma extorquir estabelecimentos do bairro com uma taxa para que continuem com as portas abertas, senão...

— Mas se os dois cresceram juntos, porque não vivem hoje na mesma casa? Imagino que Kong não deve morar muito longe de seus negócios.

— Apesar de tudo, Kong sempre viu Ho como um empecilho. Por causa de sua cabeça confusa, Ho nunca conseguiu participar dos crimes do primo e poderia acabar por denunciá-lo sem querer.

— Acho que estou começando a entender...

— Houve um acordo entre ojiisan e Kong. Nós cuidaríamos de Ho. Em troca, Kong não nos importunaria ou extorquiria. Kong desejava se livrar de um problema, e acabamos ganhando a confiança dele. Deveria ser apenas temporário, mas a coisa se estendeu e nos apegamos a Ho. Hoje, ojiisan é tutor legal de Ho. Dessa forma, preservamos ele das maldades de Kong.

Desfaço os braços cruzados e enfio as mãos dentro dos bolsos da minha calça jeans.

— Eu não sabia que havia uma intenção tão nobre. Eu me sinto um idiota.

Ayako dá um passo para frente e alisa meu rosto.

— Tudo bem. Você não podia saber de nada disso.

Eu a puxo e a beijo. Dessa vez, é um beijo do tipo *adorei que tenha compartilhado sua vida comigo*, em vez de *oh, puxa, eu vim até aqui e preciso beijá-la*. Preocupada, Ayako tenta fazê-lo de modo mais apressado, mas eu não deixo sua boca se desvencilhar da minha. Finalmente ela cede por completo e quase desmancha em meus braços.

Uma sensação de calor e bem-estar toma conta de mim, a ponto de esquecer meus problemas. É um momento maravilhoso. Nós dois sob as luzes de todas essas lanternas... eu diria, quase mágico. Porém, a magia deixa de ser eterna no momento em que alguém ou algo a interrompe, como a voz que surge do alto das escadas:

— Ayako-chan?

CAPÍTULO 21

Não sei direito o que fazer.

Depois de alguns minutos, sinto-me frustrado por não ter seguido o conselho de Ayako. A coisa não ficou boa, como ela própria previa.

Ela e ojiisan estão conversando na loja. Mais uma vez, não entendo nada do que dizem. Permaneço afastado dos dois, mas não quero sair e deixar Ayako sozinha. Uma coisa, entretanto, é evidente: pelo semblante desapontado (e mais pálido do que antes) de ojiisan, ter me visto dentro do porão foi como se Ayako houvesse cometido um pecado mortal, uma traição a algum costume. E posso imaginar que ele ainda nem sabe que a culpa foi de Ho, pois Ayako escuta mais do que fala, e não identifiquei em nenhum momento que ela citou a sílaba sonora com o nome do rapaz.

Só que, dentro desse turbilhão de acontecimentos, não consigo compreender o que são aquelas lanternas nem o que elas fazem lá embaixo.

Não paro de pensar no que vi há pouco. A preocupação de Ayako quando eu ia tocar um daqueles objetos não caiu bem, muito menos o fato de Ho morar nessa casa e nunca ter pisado lá. E que lugar estranho era aquele? Limpo e enorme, nem parece ser parte da mesma construção que ocupamos. Aquela escada é como uma estreita passagem para algo que poucas pessoas devem imaginar que exista. Mas haveria outros acessos? Por fim, pergunto-me por que existem milhares de lanternas orientais no porão, e nenhuma delas em exposição ou à venda na loja.

Eu olho através da vitrine. Do lado de fora, um grupo de pessoas tira fotos do letreiro, que chama curiosidade por não ter uma palavra em português. Vejo duas garotas fazerem um *selfie* juntas com o celular de uma delas. De acordo com Ayako, Ho deveria estar na calçada, mas não há nem sinal dele. Se estivesse, eu o arrastaria para dentro e tentaria desfazer toda essa confusão da melhor (ou pior) forma possível.

Eu penso na palavra *confusão*, como ela soa presente e ao mesmo tempo tão estranha nesse lugar, quando Ayako vira para mim e diz algo sobre eu ir embora. Ela não faz por mal. Percebo que quer me livrar de um constrangimento maior e imagino quantos constrangimentos ainda terei que passar quando estiver com ela, como em todas as vezes que pisei nesse chão. Claro que não é culpa de Ayako, tampouco minha. Mas não dá para deixar de relacionar tudo isso com Ho. Sei que Ayako me contou uma história triste e que quase pediu para eu parar de implicar com ele, mas não dá para ignorar que, do jeito que a coisa anda, o rapaz ainda me causará alguns problemas no futuro.

— Ayako, sei que não falo o dialeto do seu avô, mas se eu tentar explicar...

— Não, Leonardo. É melhor você ir.

— Por que não podemos contar a verdade juntos?

— Ojiisan não está bem. E... — Ela desvia o olhar. — O que fiz foi uma decepção muito grande para ele.

— Mas você não fez nada — argumento.

— Eu não sei o que aconteceu direito, mas devia ter guardado melhor a minha chave. De uma forma ou de outra... sim, eu sou responsável.

Sinto que Ayako está com a voz entrecortada e tem vontade de chorar outra vez. Isso me corrói por dentro como ácido. Ela não está se convencendo de que errou; ela tem certeza. Quero fazer algo para reparar esse erro que ela imagina ser real, dizer que não há nada mais acertado do que começarmos a agir juntos a partir de agora e que nada ou ninguém que está à nossa volta terá o poder de deixá-la triste outra vez, mas não consigo.

Para Continuar

Ojiisan continua a me olhar, esperando pela minha saída. Ele parece mesmo mais frágil, doente. Eu curvo meu tórax para ele. Outra pessoa talvez não retribuísse o gesto, mas não esse velho senhor oriental, embora eu entenda que, devido às circunstâncias, seja apenas por uma questão de educação. Então eu retorno o corpo para a posição vertical, constrangido e incomodado comigo mesmo.

Ayako me acompanha até a porta. Quero combinar uma próxima visita, demonstrar que desejo vê-la e desfazer o mal-entendido, mesmo que eu precise sussurrar meu intento ao seu ouvido, mas é melhor esperar pelo que vai acontecer. Então dou um sorriso que parece quase formal e ela não faz nenhuma menção de que nos beijaremos. É o pior de tudo, não beijá-la.

Ojiisan continua com o cenho franzido e parece ainda mais cansado quando se escora no balcão. Então eu ajeito a mochila no ombro, abro a porta e deixo a sineta quebrar o silêncio outra vez. E vou embora com meus planos frustrados e me consolando por ter que passar o resto da tarde sozinho.

Depois de se despedir de Leonardo, Ayako retorna e pede que seu avô apoie o braço no seu, na esperança de levá-lo de volta para o quarto. Ele aceita e os dois começam a subir as escadas. Com a loja novamente vazia, ojiisan parece um pouco mais calmo, mas o coração de Ayako ainda tem uma pedrinha de gelo dentro dele após tudo o que aconteceu. Como consequência, ela tem dificuldade em se concentrar no assunto principal, que são as lanternas. Pergunta-se por que ela e Leonardo quase nunca conseguem se encontrar sem serem interrompidos. Mas, por morar em cima de uma loja, é o mais provável a acontecer, e não há nada a fazer quanto a isso — a não ser, talvez, começar a evitar de encontrá-lo ali dentro, como quando foram ao Parque Ibirapuera.

Com o que se deu hoje, parece que é mesmo a coisa mais sensata a fazer.

— O porão está fechado? — questiona ojiisan.

Ayako faz que sim com a cabeça e mostra a cópia da chave para ele, a que estava em poder de Leonardo. Ela mesma se certificou de trancafiar.

— O senhor conhece essa chave?

— Não é essa chave que me preocupa. É quantas mais virão a existir, e o que faremos para impedir isso. Alguém além de nós dois entrou no local. É a primeira vez que acontece.

— Eu nunca imaginei...

— Ayako-chan, Ho não pode ser culpado. — Ele interrompe em meio ao ranger dos degraus de madeira e o roçar de seus dedos finos pelo corrimão. — Nós enxergamos os defeitos alheios panoramicamente; o difícil é vermos as nossas próprias falhas.

— Como pode isentar Ho disso, ojiisan? — incomoda-se.

— A história que inventamos para ele era frágil. Ho atravessa uma fase de descobrimento. Todo rapaz passa por isso, ele está apenas exteriorizando mais tarde do que os outros.

Ayako não consegue se segurar mais e revela:

— Ho tentou me beijar outro dia.

Ojiisan olha para ela, mas Ayako abaixa a cabeça, ao mesmo tempo em que adentram o quarto. O futon ainda está desdobrado, como se ojiisan houvesse acabado de se levantar. Ainda assim, ela ajoelha no chão e ajeita o makura, o travesseiro, bem virado para o sul, nunca para o norte, de acordo com a superstição budista. Ojiisan tem passado a maior parte do seu tempo descansando no quarto, por isso ela tem entrado pouco nele. Mas Ayako nunca deixa de se surpreender com a simplicidade do lugar. Não há muita coisa, a não ser o lugar onde seu avô descansa, alguns vasos de planta, livros, porta-retratos, um armário e um pequeno mas significativo altar budista ao lado da cortina de bambus. E, mais recentemente, uma caixa com peças de Mahjong junto a ele.

— E o que você fez? — ele deseja saber.

— Eu desviei meu rosto, ojiisan. E adverti que o que ele estava fazendo era um erro. Não contei antes para o senhor porque não queria deixar Ho mais constrangido do que ficou.

— E o constrangimento ficou somente a cargo dele?

— O que eu senti não é importante.

Ojiisan se deita.

— Você me lembra a sua mãe, Ayako-chan. Minha filha era sempre reservada, absorvendo os problemas sozinha, desde pequena. Demorou muito mais do que eu imaginei que demoraria para ela entender e mudar isso. Com você, está acontecendo o mesmo.

— Minha mãe não teria cometido o mesmo erro que cometi, ojiisan. Eu nunca poderia ter sido tão ingênua a ponto de deixar minha chave à vista. E é por isso que eu peço perdão ao senhor pelo que fiz hoje.

Ele a observa com um olhar vazio.

— Há um ditado que diz que todas as coisas complexas estão condenadas à decadência. É verdade. Você não é a única culpada. Nós fracassamos juntos, menina — diz.

Ayako sente o coração despedaçar, mas não interpõe as palavras do avô. Termina de ajeitá-lo e sai do quarto. Assim que fecha a porta, seu corpo escorrega até o chão e ela desanda a chorar baixinho. Há um sentimento de fracasso, mas ele não chegou apenas por causa daquela situação. As coisas não são como ela fantasiava quando era criança. Ayako nunca pediu para assumir tal responsabilidade, apenas recebeu-a de braços abertos, desde garota, pois foi acreditada pelo seu avô que havia sido escolhida. Um contexto único, e só. Afinal, quem poderia convencê-la do contrário? Quem mudaria seu destino? Entretanto, é nesse ínterim que Leonardo passa a ter importância. Ela atravessou a sua história encolhida, cuidando de ojiisan e, mais tarde, Ho, sempre cercada pelas tarefas cotidianas e a advertência de cuidar das lanternas sozinha, algum dia. Sequer pôde contar aos outros o que se encontra embaixo de seus pés. Fora infeliz nos poucos relacionamentos que teve, tendo a impressão de que esbarrava eternamente em uma encruzilhada. Mas a única verdade é que, se seus pais estivessem vivos, sua vida seria mais fácil do que vem sendo.

Mais fácil para ela. E para Leonardo.

E, por isso, ela não quer perdê-lo.

As reflexões continuam indo e vindo como numa avalanche de emoções e distúrbios. Sempre escutou que as lanternas são importantes e que deveria protegê-las. Porém, o que pode ser mais importante do que sua felicidade? Do que seu amor? Pois, se isso for verdade, pode-se confirmar que aquele apinhado de papel de seda e arames são mais relevantes do que... sua própria existência?

Ayako não consegue parar de chorar. E, pela primeira vez na vida, pondera se teria feito algo errado para receber tamanha punição.

CAPÍTULO 22

São pouco mais das três da tarde quando chego em casa e vou para meu quarto, chutando paredes por causa de tudo o que aconteceu. Deixo cair minha mochila no chão e tombo na cama. A casa está um silêncio só, o que potencializa ainda mais o eco dos meus pensamentos. Essa é uma daquelas ocasiões em que eu gostaria de ter meus pais por perto. Quer dizer, não para eu precisar dar qualquer tipo de explicação a eles, porque na maioria das vezes minha mãe consegue visualizar uma pontinha de decepção mesmo que eu a encare por um ou dois segundos; mas apenas para ter alguma companhia e me distrair com um pouco de falatório ao meu redor.

E pensar que acordei mais cedo esperando que minha tarde fosse magnífica! Agora estou enfiado de volta entre as quatro paredes do meu quarto, tentando descobrir qual foi meu grande equívoco. Com tantas alternativas, não faço ideia de qual tenha sido ele. Ter ido até a loja de surpresa? Confiar em Ho? Entrar no porão sem Ayako? Deixá-la explicar-se sozinha para seu avô?

Sinto-me preso numa zona de conflito, arrependido pelos atos que me trouxeram até esse instante e sem coragem para colocar a cabeça para fora da trincheira. E, diante de tantas temeridades que ocorreram quando estive próximo de Ayako, chego a ponderar se o que estou fazendo vale a pena para ela. Só que, no meio disso tudo (ou por baixo de tudo), existem as lanternas.

Estico a mão e apanho a mochila, depois trago o tablet até minha cama e acesso o Google. Pesquiso pelo termo "Lanternas orientais na Liberdade". Como é possível prever, a primeira linha tem imagens de vários objetos bastante semelhantes aos que encontrei no porão de Ayako, mas sem nenhum sinal daquela luz misteriosa dentro deles. Também há cores e estampas diversas, com ideogramas que representam esperança, longevidade, sorte, alegria e tantos outros, e seria impossível determinar se o que vi tem relação com essas palavras. Penso se em algum momento da minha vida cheguei a imaginar que necessitaria identificar qualquer coisa em japonês. Parece piada, mas é a mais pura realidade.

As linhas seguintes trazem dezenas de lojas que vendem esse tipo de produto. Há porém, entre elas, referência a um site que conta um pouco da história das lanternas dispostas nos postes das ruas da Liberdade e que se misturam com a história do próprio bairro. Prendo minha atenção nele e analiso o texto.

A decoração no estilo oriental das ruas conta com a instalação de lanternas Suzurantõ, ao ar livre, as únicas que eu vi acesas até hoje, e isso somente numa ocasião em que estive jantando lá à noite com meus pais. A instalação desses enfeites aconteceu na década de 1970. E não só isso, como também o surgimento dos jardins japoneses e as festas típicas japonesas.

Ao aprofundar-me um pouco mais no texto, descubro que o bairro já foi conhecido por outros nomes curiosos, como "caminho de Ibirapuera" ou "caminho do carro para Santo Amaro". Os traços orientais das ruas e edificações só começaram a surgir com a chegada dos imigrantes japoneses em 1912, que ocuparam primeiramente a Rua Conde de Sarzedas, cujas casas possuíam porões onde se reunia um grande grupo de pessoas. E isso coloca uma pulga atrás da minha orelha, pois é exatamente onde fica a loja de Ayako, a mais ou menos quatro quarteirões da Praça da Liberdade — e imagino se alguém mais naquela rua possuiria um porão daquele tamanho.

Em 1932, cerca de dois mil japoneses moravam na cidade de São Paulo, a maioria em busca de oportunidades. Só na Rua Conde de

Sarzedas, mais de seiscentas pessoas. No período da Segunda Guerra Mundial, muitos imigrantes deixaram o local após sofrerem sanções pesadas do governo brasileiro, uma vez que o Japão se colocou ao lado dos países do Eixo. A situação só se normalizou após a rendição do Japão no final da guerra. Foi então que a Rua Galvão Bueno passou a ser o centro do bairro, tendo recebido parte dos comerciantes expulsos da rua anterior. Mais tarde, os estabelecimentos trocaram as antigas placas por letreiros bilíngues — mas parece que isso não aconteceu com a loja de luminárias. A miscigenação de povos orientais deu-se em seguida, com chineses e coreanos vivendo em harmonia com os japoneses, contribuindo para o crescimento do bairro.

Harmonia?

Exceto por Kong, é claro.

Depois de vasculhar todo o site, volto para o Google e tento me aprofundar um pouco mais na história das lanternas tradicionais feitas de papel de seda e arame, mas não há nada que me leve a entender o que há debaixo da loja de luminárias, até que um bip familiar rouba minha atenção. É o meu celular comunicando que recebi uma mensagem.

Troco um equipamento pelo outro. As palavras ainda brilham na minha tela:

malu_817: quero mto tc com vc. pf, responda.

Droga! Detonei Malu dos contatos, mas esqueci o programa de troca de mensagens de texto.

Como ela não me pegou num dia muito bom, eu a presenteio:

leo_cs3: ocupe-se com o $\angle$"

Tenho certeza que ela vai compreender, pois o sinal parece uma boa representatividade do nariz grande de Penken.

malu_817: isso foi maldade! precisa ser tão grosseiro?

leo_cs3: pouco me importa.

malu_817: dá p tc direito cmg?

leo_cs3: ñ. aliás, se me visse agora, notaria que estou bufando só de olhar suas msgs. o q vc quer?

malu_817: estamos preocupados com vc.

leo_cs3: é msm? pois ñ dou a mínima.

Sim, estou sendo imaturo. Mas continuo tão de saco cheio que Malu deveria me agradecer por eu não encaixar palavras ofensivas nas frases na mesma proporção das consoantes.

malu_817: acho q precisamos esclarecer as coisas. o ken ainda é seu amigo.

leo_cs3: "ken"? é p eu começar a rir agora ou deixo p dps? kkkk

malu_817: vc vai continuar agindo como um idiota? ng programou este tipo de coisa. aconteceu.

leo_cs3: aconteceu?

malu_817: sim, isso msm. ele me trata bem.

leo_cs3: trata bem?

malu_817: dá p parar de repetir? o que há com vc?

Na verdade passei para a defensiva, porque estou sem a menor vontade de saber como tudo rolou entre eles. E dá pra perceber que Malu fica nervosa com isso. É, eu ainda conheço bem minha ex-namorada.

Depois de um tempo sem responder, ela escreve:

malu_817: pq vc anda com a msma mochila e o coração q desenhei?

leo_cs3: o q tem a ver?

malu_817: acha q eu ñ reparei?

leo_cs3: na vdd, agora q vc falou, vou cortá-la em mil pedaços.

malu_817: sua namorada nova ñ reclama?

Namorada nova?

Maldito Penken! Mas antes que eu responda, surge um outro bip:

malu_817: e se nós 4 saírmos jntos?

leo_cs3: vc tá delirando??? dpois q vcs me traíram?

malu_817: nós ñ traímos vc. ker saber? foi tudo por sua causa. seu amigo tava preocupado com nossa separação, eu tb ñ tava me sentindo nd bem. marcamos de conversar e acabamos nos conhecendo mlhor.

leo_cs3: a desculpa dos tolos é sempre a mesma.

malu_817: ng quis te magoar! vc ñ vai acreditar nisso?

leo_cs3: pf, desista de tentar me convencer, ok? e eu q achei legal te ver nakele dia...

malu_817: é sério?

Droga! Droga! Droga!

leo_cs3: ñ é o q vc tá pensando.

malu_817: É SÉRIO?

leo_cs3: se liga! vê se me perde!

malu_817: isso ñ pode ficar assim. vou até sua casa agora p conversarmos, ok?

leo_cs3: nunca.

malu_817: vc precisa me ouvir. vc tá sozinho?

leo_cs3: NÃO! eu ñ qro ver a sua kra! e manda um aviso p seu novo namorado nunca mais falar cmg.

E desligo o celular, antes que eu pense que a visita de Malu poderia melhorar o meu dia e me arrependa depois.

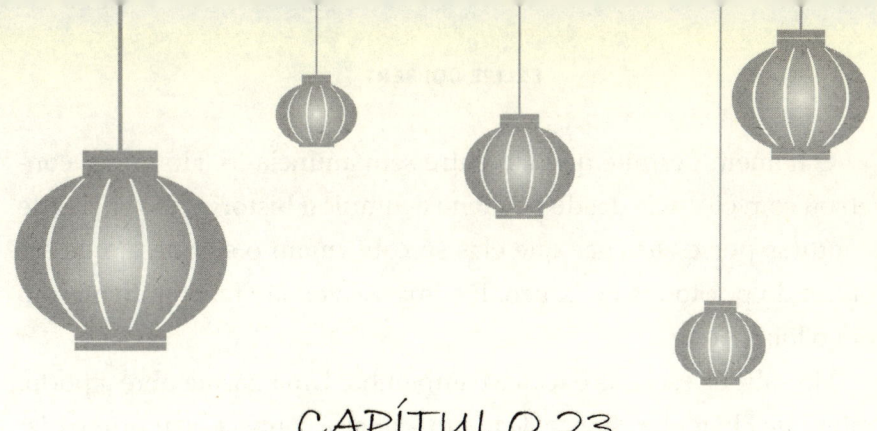

CAPÍTULO 23

Ho cumpre à risca o trajeto que leva até a casa de Kong. Não sabe se é por causa da imaginação ou do caminhar pesado, mas pode jurar que, desta vez, já percorreu mais de duzentos e sessenta passos. Com tudo o que aconteceu hoje, não é de duvidar o azar que teve ao esquecer de contá-los assim que fugiu da frente da loja de luminárias. Tanto faz. Pois as palavras que escutou de Ayako antes de ela desaparecer para dentro da loja ainda latejam e reverberam na sua mente:

"Ho, o que foi que você fez?"

Ao ouvir aquilo, foi impossível conter as lágrimas. Antes de sair na direção em que estava agora, entretanto, Ho aguardou um pouco distante e escondido, quando foi surpreendido por ver aquele-que-incomoda-Ayako deixar a loja. E foi nesse momento que, para sua descrença e interrupção do choro, confirmou que Leonardo continuava vivo e que nada mais poderia deter sua aproximação de Ayako — nem mesmo um fio desencapado e mortal como o que existia no porão de casa.

Ho, enfim, chega à portaria do prédio em que Kong mora. Ele olha para cima. A janela do primeiro andar do edifício não parece tão alta assim, ao contrário da impressão que ele tem quando está no apartamento de Kong e se debruça nela. Os prédios antigos da Liberdade, em sua maioria, não possuem quase nenhuma segurança, mas não onde seu primo reside. Mais uma vez, deve-se ao fato de que Kong constrói uma pequena fortuna e que, de alguma forma, essa propriedade, como a propriedade de Ayako e ojiisan, faz parte disso também.

O homem permite que Ho entre sem anunciá-lo. Ho nunca conversou com ele, mas desde pequeno acumulou histórias tão cheias de aventuras por essas ruas que elas só confirmam o seu desejo de ser conhecido por todos no bairro. E é impossível não fazerem o mesmo com o loiro Kong.

Ho sobe as escadas e toca a campainha. Uma garota abre a porta. Antes que Ho tenha chance de identificar se a conhece, seu primo diz:

— Ei, Ho.

Kong está cercado de homens desconhecidos, todos ao redor de uma mesa redonda da sala, repleta de caixas com discos pirateados dentro. Jogam cartas e há várias fichas coloridas espalhadas sobre um pano verde. Cada vez que as vê, Ho sente uma vontade incontrolável de colecionar todas elas, mas não se atreve a colocar a mão, porque não sabe jogar o mesmo jogo que eles. E mesmo que soubesse ou tivesse dinheiro para isso, Kong não deixaria.

A garota fecha a porta e desaparece de vista. Ela se parece com as anteriores, mas Ho tem certeza que ela não é dona de nenhum dos copos de saquê distribuídos pela mesa, porque não há marcas de batom neles, muito menos cigarros mergulhados em seus interiores. E existe apenas uma cadeira vaga ao lado de Kong, provavelmente o lugar que ela ocupava antes de ele chegar, a mesma que Kong manda ele se sentar. Ho quer obedecer, dizer logo o quanto se sente infeliz e perguntar como conseguir a confiança de Ayako de novo, mas tem algo que o impede de ocupar a cadeira, como se ela estivesse queimando em brasa — só que, no fundo, deve ser apenas o olhar de todos esses homens.

— Vamos, sente-se logo! — repete Kong.

Ho finalmente obedece.

— Kong estava certo. Ho tem um inimigo — anuncia, esforçando-se ao máximo para ser compreendido e criar apenas uma conversa lateral com ele.

— Que inimigo? — ri Kong.

— Aquele-que-incomoda-Ayako.

— *Aquele-que-incomoda-Ayako!* — repete Kong com ar de deboche. Ele ri ainda mais e dá uma nova tragada naquele-maldito-cigarro. — Aquilo não passa de um qíguài inútil — desafia. — O que ele fez dessa vez?

— Não foi ele. Foi Ho que tentou matá-lo — revela de forma corajosa, embora tenha sido mais difícil dizer do que poderia imaginar.

— Ah, que interessante — diz Kong, de uma forma que Ho considera ser sarcástica, como se trocar as cartas na mesa fosse mais importante do que acreditar nele.

— Primo Kong também não gostou dele — lembra-o.

— Nisso você está certo. Não gostei nada daquele qíguài.

— Kong disse que iria cuidar desse assunto, mas não foi o que aconteceu. Primo mentiu?

Os homens na mesa soltam risinhos contidos. Ho reconhece vagamente um ou dois deles da região em que moram, mas não parece ser nenhuma vantagem. E, se eles riem, é porque talvez Ho nunca disse aquilo antes e pareceu ser demais agora. Mas tem algum efeito, pois Kong, enfim, esquece as cartas.

Ho toma um susto quando seu primo pega-o pelo cangote e aproxima a sua testa da dele. E, se antes achava que o cheiro de bebida vinha apenas dos copos da mesa, agora tem uma séria dúvida.

— Nunca mais fale comigo dessa forma.

— Ho pede desculpas...

— Vamos acabar logo com isso! — enfatiza. — O que você quer que eu faça? Que eu vá atrás dele?

Ho movimenta a cabeça num sim, quase involuntário, com uma tremenda vontade de chorar.

— Tudo bem. Onde ele disse que estudava? Belas Artes, não é?

Kong larga o cangote de Ho. Ho pensa no problema que se metera. Não é, de fato, o resultado que esperava. Ele sabe que Kong pretende ajudá-lo, mas seu primo age perigosamente, bem distante do Kong mais jovem que circulava com ele de bicicleta pelas ruas da Liberdade antes de ficar loiro. Aliás, faz tempo que Kong pintou o cabelo e trocou sua bicicleta azul pelo carro-vermelho-de-nome-difícil, que deve estar em algum lugar da garagem do prédio, mas que Ho não pretende ver. Ao mesmo tempo, existe o fato indiscutível de que Ho não tem mais ninguém para pedir ajuda, e só resta uma coisa a fazer: aceitar qualquer coisa que seu primo queira realizar.

— Ho precisa ir junto? — pergunta após limpar o rosto com o dorso sa mão, preocupado com a última vez em que andou ao lado de Kong e seus amigos — não esses, outros —, um dia nada agradável.

— Não — responde Kong após mais uma baforada. — Dessa vez você fica em casa. Agora, deixe-nos jogar em paz.

Ho concorda, mais pelo alívio de saber que vai embora do que qualquer outra coisa. E, se antes achava que Leonardo era invencível, depois da forma como Kong falou, seu primo parece ser mais do que ele. Presume que isso lhe dará uma nova chance de sair dessa situação desconfortável e, em breve, voltará a fazer todas as coisas que gosta de fazer em casa, inclusive comer os okonomiyakis junto de Ayako, porque será o único rapaz a ter atenção dela. Se a sorte que perdeu ao quebrar o Maneki Neko sorrir de novo, talvez seja permitido descer pelo corrimão das escadas ao menos uma vez, pois essa proibição sem sentido é o maior crime cometido contra ele em toda a sua vida.

E, com esse pensamento reconfortante, Ho despede-se e vai embora. Rapidamente.

CAPÍTULO 24

Acordo com uma leve falta de ar, como se um pastor alemão estivesse sentado sobre meus pulmões, mas não digo nada para meus pais. Sei que deveria avisar por qualquer coisa estranha que eu sinta, mas quero acreditar que é somente por causa do estresse que os últimos dias têm me proporcionado. Até o momento, a falta de ar é suportável. Além disso, meus pais parecem tão felizes ultimamente que faço de tudo para não preocupá-los. O marca-passo continua funcionando bem e tenho tomado meus remédios com uma pontualidade quase britânica. Está certo que foi num dia assim, comum, que passei por aquele susto, mas penso que seria injusto que o cara lá de cima aprontasse comigo outra vez depois de tanto trabalho dos médicos, por isso, fazemos um acordo: Ele se esquece um pouco de mim e eu continuo regrando minha vida da maneira mais (ou menos) prodigiosa possível.

Enfim me levanto e passo por minha rotina matinal. Banho, roupa, tênis, café da manhã, mochila (é, eu não me desfiz dela), metrô e faculdade. Há algo que incluí recentemente nessa usualidade que é evitar esbarrar com Penken. De todas as tarefas, essa parece ser a mais difícil, mas também a que tenho realizado com mais louvor, por incrível que pareça. Estamos tão afastados que o grande nariz dele poderia diminuir de tamanho até desaparecer que eu nem ficaria sabendo. Só que Penken sem nariz é como o papa sem a batina, algo impossível de se ver, e antes de chegar à minha sala já me esqueci do meu ex-amigo.

Não levo a sério as aulas de História da Arte Universal e Antropologia Cultural, apesar de a expressão *não levar a sério* ser uma inverdade, ou algo que nunca deveria ser dito ou pensado dentro de uma faculdade. Nesse semestre, curto mais as matérias práticas, como Design de Embalagem e Tipografia. De qualquer forma, penso que escolhi a carreira correta. Muitas pessoas têm a infelicidade de descobrir que desejam fazer outra coisa depois de vários semestres cursados. Eu, não. Desde o início, tenho certeza de qual será o meu futuro (é engraçado falar de futuro quando você anda com uma bomba-relógio dentro do peito). Gosto de afirmar que posso aproveitar meus dotes artísticos e habilidades para ganhar dinheiro com eles, algum dia, quem sabe até mesmo projetar pequenos equipamentos médicos como o que faz meu coração pulsar e, com isso, ajudar algumas pessoas.

Quatro horas depois, já cumpri todas as aulas e saio da faculdade em direção ao metrô Vila Mariana. Como eu torcia, o pequeno mal-estar se dissipou, minha respiração voltou ao normal e fico feliz por não ter mesmo preocupado meus pais com isso.

Parece que tudo correrá bem a partir de agora.

Ou não.

Quando estou andando na Rua Capitão Cavalcanti, próximo ao número 218, noto tardiamente um carro vermelho frear na rua sem saída ao meu lado. De repente, sou empurrado e arrastado ao mesmo tempo por sombras que saem dele.

A primeira coisa que penso é que roubarão meu laptop, e o único desenho de Ayako que tenho se perderá junto a ele, porque o idiota aqui nunca fez uma cópia sequer. Mas minha orientação muda assim que percebo que são dois chineses que me seguram. Eu não os reconheço, mas quando o terceiro deles — um loiro — entra no meu foco de visão, descubro que não serei assaltado. É algo bem pior.

Kong diz:

— Qíguài, qíguài... Você continua aborrecendo meu primo, né? Não tem pena do jeito bobo dele?

Para Continuar

Presumo que ele esteja fazendo perguntas retóricas, então, não digo nada. É claro que elas ter a ver com minha última ida até a loja de luminárias, mas eu acreditava que, daquela vez, quem fez papel de bobo fui eu, não Ho.

Quando os outros dois fecham o cerco, é impossível não sentir a sola dos meus pés tremerem, como se fosse apenas o prenúncio do grande terremoto que está por vir. Vejo Kong fazer um sinal com a cabeça. Antes que eu pudesse sequer pensar em reagir, um deles me empurra contra a parede e me imprensa com o próprio corpo, como se fosse uma folha de papel. Minha mochila cai no chão. O outro agarra meu cabelo com os dedos e eleva meu queixo para cima. Acho que querem que eu escute bem, logo, vou deixar Kong falar tudo o que tem pra dizer.

— Então eu sou como o King Kong, não é? Acho que pareço mesmo. O engraçado é que eu sou o loiro aqui, mas é você que está fazendo o papel da donzela capturada agora, não é mesmo?

Se antes já não parecia nada bom, agora estou com os meus nervos esticados como as cordas de um instrumento musical. Sei que empalideço num instante. É inevitável arrepender-me da última vez que nos encontramos e de todas as gracinhas que falei, mas não demora muito, porque ao novo sinal de Kong, um dos caras chuta meu joelho e o que está segurando meu cabelo me arremessa para baixo. Eu despenco no chão. Há um cheiro forte de urina no meu entorno, não sei se de cachorro ou de gente. Só tento calar a boca e não me importar com nada, especialmente com os chutes que recebo em seguida. Ainda assim, gostaria de dizer a eles que não vale a pena me maltratar tanto, pois nunca conseguirei revidar. Às vezes é um problema sério não poder contar às pessoas o que você tem. Não que eu espere piedade deles, mas ao menos poderiam evitar de acertar o meu peito ou o marca-passo. O máximo que consigo fazer é agarrar a mochila e proteger o rosto e o tórax. Com as costas, infelizmente, não consigo ter a mesma sorte.

Até que o perigo do qual Ayako tentou me prevenir e que eu desdenhei naquele dia desenha-se à minha frente: Kong surge com uma arma e aponta para a minha cabeça.

Não entendo nada de armas, não imagino que calibre seja ou quantas balas cabem dentro desse troço, mas já assisti a filmes suficientes para notar que o clique que ela faz é o mesmo de quando se engatilha um revólver.

Estou tão apavorado que não consigo engolir um fio de saliva.

Meu Deus, meu Deus, meu Deus, meu Deus...

— Não vai dizer nada, qíguài?

Eu nego com veemência. Não quero abrir a boca e, se for possível, quero que ele pare de falar também. Ou que ao menos eu não o escute mais — mas não porque tomei um tiro na cabeça, e sim porque eles desistiram de mim.

Eu me arrasto alguns centímetros para trás até encostar na parede urinada. Estou sem saída. Eles escolheram o local certo, pois daqui ninguém pode nos ver, ainda mais com o carro vermelho que tampa a visão tanto de dentro quanto de fora.

Deve ser mesmo o meu fim.

Olho para o interior do cano da arma, mais profundo do que parece ser. Kong brinca de mirar em alguma região do meu corpo. De modo automático, coloco a mochila à frente do meu peito. Sempre achei que fosse morrer por causa da droga do meu coração, e agora a única coisa que desejo é protegê-lo. Todavia, imagino a bala transpassando o tablet e, dentro dele, o desenho de Ayako.

Fecho os olhos para o inevitável.

Fico assim por segundos intermináveis até que ouço um estampido.

Eu estremeço todo. Mas não é a arma.

Volto a abrir os olhos. Um de seus dois amigos bateu a porta do carro de propósito. Eles querem me humilhar e estão conseguindo.

Kong está agachado à minha frente.

— Você é um grande merda, qíguài! Um branquelo de merda! Eu não sou um cara de limites, portanto, não me teste. A partir de agora, você se afasta daquela garota. Ou eu faço aquela família sofrer, em vez de você.

Ele bate com o cano frio da arma na lateral do meu rosto duas vezes, como se quisesse provar que ela é real. Sorri de prazer com meu pavor, depois se levanta. Não satisfeito, espreme a sola de seu tênis no meu pescoço e empurra meu corpo mais para trás, em cima da urina, e sinto a umidade colar na minha camiseta. Eu tento descontroladamente sair daqui, desse mau cheiro. De tanto me debater, creio que ele desiste da ação e me liberta. Depois dá um sinal para seus amigos silenciosos irem embora com ele.

Eu espero alguns segundos até não vê-los mais e ter certeza de que não estão mentindo. Depois da surra, minha camiseta preta escrita "ATARI", que já não era lá essas coisas, finalmente será aposentada.

Eu me levanto, meio tonto e ofegante. É engraçado, porque não há ninguém me olhando, mas eu tento me manter firme e fingir que não sinto nenhuma dor, mesmo que esteja tomado de vergonha. Também não existe nenhum sangramento aparente, e é uma baita sorte, se eu pensar que meu rosto poderia estar, nesse exato instante, gravado como um quadro de Picasso no piso sujo do chão — algo que seria bem irônico para um estudante de Design.

Nada me foi tirado, nem mesmo o tablet. Minha única preocupação, nesse instante, é dar um jeito de esconder os pequenos hematomas ao chegar em casa. Meus pais não podem nem sonhar com o que acabou de acontecer comigo, ou minha vida, que já é um inferno, se tornará algo pior do que isso — embora nada seja pior do que eu mesmo descobrir o quão covarde eu sou. E eu tento entender como a coisa chegou nesse ponto.

Sinto-me nauseado e com uma vontade irrepreensível de cuspir no chão. A única coisa que passa pela minha cabeça é ir logo para casa. A viagem de metrô, porém, não me deixa esquecer que este é um dos piores dias da minha vida. A trepidação do vagão só ajuda a piorar a situação do meu tórax dolorido e a minar minha resistência.

Meu celular está com a bateria esgotada. Ao menos, terei alguma desculpa caso minha mãe tenha me telefonado.

Desembarco na estação Santa Cecília torcendo para não encontrar ninguém em casa, mas, pela hora, é bem provável. Eu me aproximo da caixa de sapatos velha em que moro. Meu coração, agora, parece ser o menor dos meus problemas. Minha alma está tão pequena que pareço uma pulga adentrando o Taj Mahal. Quando piso dentro de casa, largo minha mochila no chão e tiro a camiseta. A primeira coisa que procuro é o estojo de primeiros socorros que minha mãe guarda no banheiro. Saco uma pomada anti-inflamatória e começo a aplicar nas feridas em meu tórax para que elas não inchem. Não poderei ficar com o peito desnudo por algum tempo, talvez o mesmo período em que presumo não encontrar com Ayako para protegê-la. E isso dói bem mais do que as feridas.

É, Leonardo César... Acho que dessa vez você foi burro demais.

Ayako desliga o telefone. Tem passado os últimos dias com esperança de que conseguirá falar com Leonardo, mas o celular dele cai invariavelmente na caixa postal e sua frustração só aumenta com isso. Ela não compreende. Por que ele não dá notícias?

A sensação ruim piora quando Ho desponta na loja, pois ela precisa deixar o telefone e sua causa de lado. Não que esteja preocupada com a reação de Ho, mas sim em preservar-se dele. Por isso, ignora-o. Só que de nada adianta.

— Ayako parece chateada.

Ela levanta os olhos e vê que Ho está na outra ponta da loja. Não quer dizer nada. Cada vez mais ela se incomoda em ficar sozinha com ele e pergunta-se como, quando e onde isso começou. Esconder a verdade de Ho está matando Ayako. Existe uma pequena pontinha dela em conflito, mesmo com todas as orientações de ojiisan na última conversa deles. Há muito que ela quer dizer, mas cada vez mais tem medo das reações de Ho. Isso, talvez, daria todas as respostas à sua pergunta anterior.

— Ayako parece mesmo chateada — insiste ele.

— Está tudo bem — resume, de forma seca.

Só que não está nada bem. Terá que esperar para falar com Leonardo. Um minuto, porém, parece uma eternidade, e isso só aumenta o conflito. Sempre tão controlada, tão contida... Embora, no fundo, sinta-se melhor do que antes — apaixonada? —, Ayako precisou deixar de lado o autocontrole que sempre fez sentir-se bem. Tudo o que consegue pensar é em como gosta de sentir a presença dele junto à ela, e a falta que ele faz. Ao mesmo tempo, essa ansiedade é uma situação com que está tendo que aprender a lidar a cada dia.

Gostaria de ouvir um dos ensinamentos budistas de ojiisan para auxiliá-la nessa hora, mas seu avô está deitado e continua frágil como a folha de um bordo japonês, e não pretende incomodá-lo. Então ela fecha os olhos e tenta se acalmar. Mas sabe que, quando abri-los, só conseguirá enxergar Ho.

A voz dele reverbera em seus ouvidos:

— Está quase na hora do jantar. Ayako quer que eu pegue okonomiyakis? — pergunta, como se estivesse realmente incomodado com o estado emocional dela.

Ayako abre os olhos e indaga, desconfiada:

— O que está fazendo?

Ho estremece com a fala. Automaticamente, ele para de olhar nos seus olhos.

— Ho não está fazendo nada.

— O que você tem? Está me escondendo algo?

— Não.

— Diga a verdade.

— Ayako pode confiar em Ho. Como sempre — diz ele.

Mas ela o conhece bem, e não há a menor possibilidade de achar que faz suposições absurdas diante de tudo que tem acontecido. Em outra época, sentiria-se mal pela pressão que deposita em Ho. Agora, não. Entretanto, Ayako está com um pressentimento estranho. E, quando uma cena recente toma a sua mente, ela se lembra do quanto se envergonhou e se descontrola:

— O que você quis naquele dia não acontecerá! Escutou bem, Ho? Não acontecerá em nenhum momento.

— Ho não entende...

— É claro que entende! Até uma criança entenderia!

Sem pensar muito, Ayako acabou de colocá-los de volta ao entrave do qual gostaria de ter se esquecido. Como consequência, os olhos de Ho enchem-se de lágrimas. Diferentemente de outras vezes, Ayako não se comove. E isso soa como... trágico.

O que está acontecendo com ela? Com eles?

— Não quero comer nada hoje — retoma. — Só quero as coisas diferentes. Ou melhor, como antes de você pensar bobagens sobre nós dois.

De repente, Ho sai de onde está e a pulsação de Ayako aumenta quando se aproxima, mas ele passa direto pela noren e sobe as escadas, como se houvesse levado uma ferroada de um animal peçonhento. Em pouco tempo, não está mais ao alcance da visão de Ayako. E ela torce para que continue assim, ao menos por hoje.

Ayako leva um susto quando o telefone toca. Ela atende. Não é Leonardo, e sim um cliente em busca de informações sobre algo que a loja não possui. Ela responde sem a menor vontade. Daqui a pouco fechará o estabelecimento e não quer atender mais ninguém.

No entanto, apesar de seus esforços para aguardar o horário correto, ela tem a intuição de que algo pode ter se modificado com o que acabou de fazer e, por isso, decide encerrar logo as atividades. Não consegue mais resistir à vontade de verificar algo com urgência. Algo emblemático.

Ayako pega sua chave, que passou a esconder sempre em algum bolso da própria roupa. Não se desgrudaria mais dela depois de tudo o que aconteceu. Em seguida, vai até o andar de baixo. As mãos tremem para girar a fechadura, quase como se não soubesse o que há ali dentro. Entra no porão e caminha em passos mais rápidos do que os que utilizou para descer os degraus. Dessa vez não está observando as lanternas que passam acima da sua cabeça, olhando a beleza de cada uma delas ou supondo o que os ideogramas devem significar; ela deseja encontrar apenas uma. Ou melhor: *não* encontrá-la! Ela espera que, com tudo o que acabou de acontecer, haja um espaço vazio onde estaria a lanterna cuja metade pertence a ela e a outra, a Ho. Só que, quando chega no local de sempre, lá está o objeto, bem ao lado da sua lanterna e de Leonardo, que brilha de forma diferente. E ela quase se ajoelha de tristeza.

 A quem ela quer enganar?

 O amor de Ho é incondicional. E ela já sabia disso.

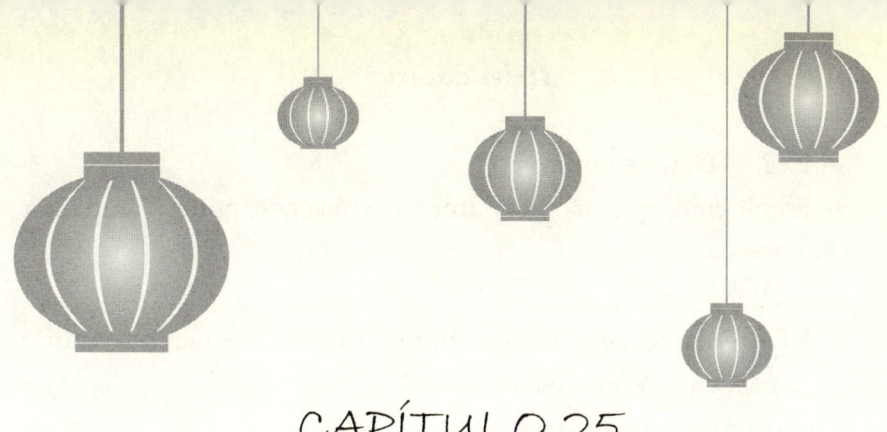

CAPÍTULO 25

Alguns dias depois, logo cedo, eu percebo algo estranho com meus pais. A palavra "estranho" remeteria a algo ruim, mas não é o caso. Pra começar, o beijo caliente que meu pai dá em minha mãe logo no café da manhã. Depois, uma bizarra sequência de risadas dela a cada piada sem graça do velho antes de saírem para trabalhar. E teria perguntado sobre o que se trata tudo aquilo se o buquê de flores tivesse surgido no início do dia e não agora, nas mãos de meu pai, quando este retorna do trabalho no fim da tarde.

Permaneço esparramado no sofá da sala descascando uma laranja. Hoje é sexta-feira e estou há praticamente uma semana me despedindo dessas paredes apenas para ir à faculdade. Embora recuperado da surra de Kong e seus parceiros, levo bem a sério a minha deprê, mas isso não impede de perceber que a agitação na casa é tão espessa que posso cortá-la com a faca.

Meu pai não demora muito na cozinha e diz que vai tomar uma ducha. Se manda para o quarto, não sem antes dar mais um beijo na minha mãe. Sem compreender o que está acontecendo, eu olho para ela e me empertigo no sofá para declarar minha opinião (não perderia a oportunidade por nada desse mundo).

— O que foi, D. Suzy? Ganharei um irmãozinho?

Minha mãe faz uma careta do tamanho da minha ironia.

— É claro que você não tem obrigação de saber, mas hoje faz vinte e cinco anos que eu e seu pai trocamos juras de amor na Basílica São Paulo Apóstolo. Ou, em outras palavras, Bodas de Prata.

— E...? — Dou de ombros.

— Escolhemos que não ficaríamos em casa essa noite. Vamos sair para jantar.

— E...?

— Foi uma sugestão de última hora do seu pai, e queremos muito que você participe. Você vem conosco?

Afundo-me outra vez no sofá.

— Até que enfim, um agito para o fim de semana!

— Como assim?

— Bem, já dá pra dizer que minha vida pode ser qualquer coisa, menos sem graça, não é mesmo? — falo com sarcasmo, mas envergonhado por não ter comprado nenhum presente. O aniversário de casamento deles é exatamente no mesmo dia do meu aniversário, só que alguns meses antes, e isso é um bom motivo para nunca me esquecer, afinal, é como se fosse uma contagem regressiva. Mas como eu iria saber que hoje completaria vinte e cinco anos? Vai ver eles comentaram em algum momento e eu estava ocupado demais com meus problemas para dar importância. Na dúvida, enfio meus dentes na laranja e ocupo a boca.

Minha mãe, porém, continua com a dela bem aberta.

— Quer dizer que isso não é um bom programa para você? Antigamente saíamos juntos o tempo todo. Você *pedia* para sairmos, lembra? Qualquer coisa era motivo: cinema, almoço no shopping, festa de aniversário dos seus amigos...

— Tem quanto tempo? Dez, quinze anos?

— Não importa. Acha que estamos velhos demais para entretê-lo, não é? Bem, com tudo que passamos recentemente, sua presença é importante para nós no dia de hoje.

— Mãe, a noite é de vocês! Se é pra eu ficar emburrado no restaurante, melhor olharem para uma cadeira vazia. Nem vão perceber a diferença entre os dois.

Ela suspira sonoramente.

— Eu sei que você ainda gosta de se vestir como um adolescente, mas não acha que essas crises já passaram de época?

Para Continuar

Minha mãe desdenha da minha falta de animação. Enquanto me olha enviesado, eu aproveito para mastigar um gomo da laranja. Ela já começou a citar o passado, e eu não quero que chegue no papo "Quando você namorava com a Malu...". É claro que se preocupa com minha frustração, mas ficaria mais claro se ela soubesse que estou assim porque há dois dias não falo com Ayako, ou até mesmo que *existe* uma Ayako. Mas o que minha mãe diria se eu contasse que nem telefonei para a garota que mais me interessa na vida? E que, de forma covarde, deixei meu celular desligado por causa disso? Se Ayako me telefonou nesse intervalo, talvez eu nunca saiba.

Tenho a sensação perturbadora de que estou agindo errado depois de tanto esforço que fiz para conquistá-la, mas não sei como explicar a Ayako o que aconteceu; ou mesmo se desejo explicar, ou se isso irá prejudicar o relacionamento dela com Ho ou a colocará em risco, como eu estive. Por outro lado, talvez ela já saiba de tudo e se consolou que o afastamento é o melhor para nós dois. Vai ver, deve estar mais ocupada com aquelas coisas embaixo da loja do que com a razão do meu desleixo.

Eu odiaria que fosse verdade, é óbvio.

Diante do meu silêncio, minha mãe já não está mais na minha frente, e sim na cozinha. Não me viro para falar com ela, mas uso minha voz alta o suficiente para que seja escutada com clareza a um quarteirão de distância:

— Tudo bem. Querem que eu procure algum restaurante bacana? — pergunto com entusiasmo forçado enquanto saco o tablet.

Meus pais não têm culpa de nada e quero mostrar a ela que não sou tão estraga-prazeres. Afinal, um casamento de vinte e cinco anos não é construído apenas de conflitos; é também carregado de lembranças. Boas lembranças. E, se faço parte delas, é mais do que justo que comemoremos juntos.

— Não precisa. Seu pai já planejou tudo — responde de onde está. — Você quer levar alguém?

Levar alguém? Como assim?

— É claro que não — respondo, desconfiado.

Ela passa por trás do sofá e dá um tapinha no meu ombro, depois um beijo na bochecha.

— Ok. Vou seguir o exemplo do seu pai e tomar um banho também. Nos encontramos aqui na sala em meia hora.

Faço que sim com a cabeça, mas é mentira dela.

Minha mãe demora uma hora e quinze minutos para retornar. Eu e meu pai estamos na sala, amarrotando nossas roupas no sofá (dessa vez, nada de camisetas velhas no meu corpo) enquanto assistimos a um programa de esportes. Ainda assim, o atraso não tira o bom-humor do velho, especialmente quando minha mãe surge maquiada, de cabelo bem ajustado em um coque e usa um vestido preto tão justo que eu não poderia crer que a coroa ainda tivesse tantas curvas assim. Com um salto alto, tudo nela fica empinado. E com toda essa produção, suspeito que meu pai, quando se levanta do sofá, está se recordando de algum dia no passado, algum dia importante, que faz com que seus olhos brilhem agora.

Entramos no carro dele e vamos para um restaurante no bairro Jardins, com uma vista panorâmica para a cidade. Conseguimos um lugar entre o balcão de bebidas e a porta de saída. O restaurante está cheio e a maioria das mesas está ocupada por casais. Ainda assim, o local é de uma fineza indubitável. O velho está mesmo disposto a gastar.

Ao contrário dos meus pais, eu me sinto como um estranho sentado à mesa. Permaneço os primeiros minutos em completo silêncio enquanto os dois fazem comentários fúteis tais como sobre a decoração do lugar e de quantas vezes mais precisam sair em vez de desperdiçar a vida dentro de casa.

Meu relógio biológico me avisa que está na hora de tomar um dos meus remédios. Engulo a pílula com um pouco de água e limpo a boca com o guardanapo de pano. Dou um suspiro. Peço licença para ir ao banheiro. Quando retorno, fico com o olhar perdido para o espelho no fundo do bar, até que a comida chega. Meu prato tem ótima aparência e parece delicioso, mas minha fome é tão discreta quanto as meias brancas e novas que uso. Ainda assim, retiro a gordura do bife, corto um pedaço da carne e mastigo para continuar provando que não sou estraga-prazeres.

Ouço meu pai dizer para minha mãe, mas é como se a voz dele fizesse uma curva e atingisse meus ouvidos:

— Devemos contar a ele?

Imediatamente eu levanto a cabeça.

— Contar o quê?

Encaro meu pai. Seu semblante continua tão leve e suspeito como na hora em que acordou e apareceu na cozinha. Minha mãe, depois de algumas taças de vinho, parece meio abobalhada.

— Sua mãe me mostrou o desenho no seu tablet — confessa ele.

— O da garota japonesa — complementa ela.

— Você pegou o tablet sem me perguntar? Que vergonha!

— Não foi intencional. Estava largado na sala. Apenas me preocupei em colocar para carregar e ele acendeu a tela sozinho — explica ela.

— Vou fingir que acredito. Mas por que o interesse no desenho?

Meu pai toma a frente:

— Bem, de acordo com a nossa conversa sobre Bruce Lee e bombas atômicas, creio que encontramos uma razão para seu interesse repentino em certos *experimentos* orientais.

Minha mãe inicia uma gargalhada, a ponto de ter que tapar a boca com uma das mãos no restaurante cheio. Se eu não estivesse surpreso ou soubesse que eles estão tão felizes, talvez meu rosto queimasse de vergonha.

— Pensei que estávamos aqui para comemorar a Boda de Prata de vocês e toda essa melação, e não gozar com minha vida! Um pouco de respeito viria bem a calhar.

— Por que não nos falou sobre ela? — minha mãe, já refeita, é direta.

— Por que não disse que mexeu no meu tablet?

— Ele está apaixonado. Eu te disse — ela fala para meu pai.

— Eu simpatizei com ela. Quero dizer, com o desenho dela — revela ele.

— Pensei que as pessoas apaixonadas ficassem de bom-humor, não o contrário — comenta minha mãe, com suspeita de quem vai rir de novo. Odeio isso.

— Não estou mais apaixonado — minto.

— Por quê?

— Talvez porque não tenha sido bem-sucedido. — Deixo cair o garfo no prato. — Cara, é meio difícil falar sobre isso com vocês dois, sabiam?

— Pode ao menos nos dizer o nome dela? — pergunta meu pai.

— Qual é a importância?

— O nome, Leonardo. Somente isso. Por curiosidade.

— Ayako Miyake. — Respiro fundo. É difícil falar em voz alta.

— Se essa tal de Ayako recusou você, ela não sabe o que está perdendo, está bem? — Minha mãe diz com a mesma estima que todas as mães utilizam para falar com seus filhos. Quero muito dizer que a culpa não é de Ayako ou minha, mas vai me levar a detalhes demais para eu explicar. Detalhes perigosos e melancólicos.

— Foi por causa dela que seu amigo Penken cobriu seus passos naquele dia, não é? — supõe meu pai.

— Penken está saindo com Malu.

— Oh! — solta minha mãe, surpresa e decepcionada com a notícia. Um efeito maior do que a tristeza dela penetra no meu cérebro.

— Pois é. Ultimamente parece que as pessoas não confiam muito em mim.

Há um longo silêncio na mesa, e posso escutar o tilintar dos copos mais distantes possíveis. Eu sei, estou estragando a noite deles. Mas não demora um minuto e meu pai toma a atitude de jogar a chave do carro na mesa. O objeto para em algum ponto da toalha, entre o vidro de azeite e o pote de pimenta.

— Quem disse que não?

— Grande. Dirigir de volta para casa porque vocês beberam muito? — solto desanimado, como os talheres parados em cima do arroz.

Meu pai balança a cabeça de forma acintosa.

— Não se preocupe conosco. O carro é seu nesta noite. Faça o que quiser com ele, só o traga de volta inteiro.

Os olhos da minha mãe se arregalam como ovos de codorna ao molho de trufas negras deitada sobre o ravióli em seu prato. Quase posso vê-la arrepiar-se toda.

— Não acho que precisamos chegar a tanto... — diz ela, com menção de puxar o chaveiro em cima da mesa.

Meu pai barra o gesto segurando no antebraço dela.

— Não dessa vez. — E se vira para mim. — Acho que você deve ter um programa melhor do que acompanhar dois coroas bêbados em uma mesa.

— Pai, é a boda de vocês! E eu nem comprei nada...

— Filho, com vinte anos, você não aprendeu ainda? Mais do que ter você vivo conosco, sua felicidade é nosso maior presente.

Acho que, pela primeira vez em vários dias, eu sorrio. Se antes achava que encontrar com Ayako seria inevitável, o gesto nobre do meu pai me acorda tal qual um despertador. Então acolho a chave na mão quase como se fosse o Santo Graal, mas a insegurança bate forte. Foram tantas vezes que pedi para ter posse de um carro que agora não tenho tanta certeza, ainda mais para cumprir uma missão que revira meu estômago de nervoso.

— E vocês? Como voltam para casa?

— Em algo que as pessoas chamam de táxi. Aliás, não se preocupe em chegar cedo. Ainda preciso dar o presente de sua mãe... — Os lábios dele se curvam num sorriso enquanto ele pisca para ela maliciosamente.

Não me recordo da última vez que deixei um prato de comida quase intocado em um restaurante, mas é o que eu faço. Coloco o guardanapo na mesa e me levanto da cadeira. Minha mãe ainda exibe sua cara de preocupação, mas sei que aos poucos a confiança de meu pai vai atingi-la.

Eu me despeço deles com um abraço duplo, não sem antes escutar um "Tome cuidado!" da D. Suzy. Quando passo pelo espelho do

balcão, pareço outro homem. Renovado. E, antes de sair, ouço meu pai, meio bêbado, dizer em voz alta para minha mãe:
— Você acredita que Bruce Lee era americano?
Uma explosão de risos ardentes sai da boca dela.

CAPÍTULO 26

A vontade de ter o carro só para mim é irrefutável, assim como é irrefutável dizer que pareço um iniciante que pega o volante pela primeira vez. Arranhar a caixa de marchas é apenas um dos sintomas; o pior foi ter quase estourado a roda traseira do lado direito em uma calçada assim que fiz uma curva. Ainda bem que já é de noite e o trânsito pesado diminuiu há algumas horas. E eu não tenho tanta culpa; a falta de prática é razão do protecionismo dos meus pais, e posso contar nos dedos das mãos as vezes que eles me deixaram sozinho nesse banco.

Durante o trajeto, enumero os motivos pelos quais aparecer na loja sem avisar Ayako pode ser considerada uma ideia ruim: ela pode estar dormindo, pode ficar assustada com minha presença, ela acha que eu fui um covarde, Ho pode abrir a porta, entre outras coisas. Mas em nenhuma das hipóteses imagino que ela não esteja ou não queira falar comigo. Nenhuma.

Depois de uma rápida passada em casa para pegar minha mochila, estaciono na Rua Conde de Sarzedas. Como imaginei, a porta de ferro já está abaixada e o letreiro desligado. Olho para cima e vejo a luz acesa que vem de uma janela paralela, mas não sei de qual cômodo se trata. Ao mesmo tempo, é impossível esquecer que alguns metros abaixo dos meus pés existe uma constelação de luzes descoradas como essa, sem nenhuma razão aparente.

A rua, erma e sombria, permitiria escutar um espirro a distância. Tudo seria mais fácil se Ayako possuísse um celular. Já que não é possível, entre fazer um estardalhaço batendo na grade e telefonar para a loja, fico com a segunda opção. E torço para que Ayako presuma que seja um de seus fornecedores do oriente e atenda.

Ligo meu celular e seleciono o número da loja. Tão breve, posso escutar o som da campainha e, em seguida, uma movimentação no segundo andar do imóvel. Meu coração defeituoso bate descompassado e de modo perigoso. Ele só acalenta quando escuto Ayako do outro lado da linha:

— Kon'nichiwa?

— *Koninchivá* para você também — repito como da primeira vez.

O que vem a seguir é um silêncio desconfortável de ambos os lados. Apesar da brincadeira, as palavras seguintes grudam na minha garganta e faço um vigor tremendo para tentar soltá-las. Minha jornada com Ayako é curta, mas nunca imaginei que fosse me sentir assim com ela. Então, o melhor é assumir logo a culpa:

— Sei que o que fiz foi errado! Não era meu direito desaparecer sem dar nenhum esclarecimento. Mas, acredite, há uma boa razão. E eu vim aqui para conversar pessoalmente com você, porque eu me importo.

O silêncio do outro lado continua estabelecido. Ao menos, ela não desligou.

— Eu me importo muito, de verdade — tento outra vez, com a máxima sinceridade que consigo encaixar na minha fala.

A voz dela finalmente surge, embargada:

— Você veio conversar... pessoalmente?

— Sim. Sim! Eu estou aqui fora, Ayako. Venha me ver. Por favor.

Mais alguns segundos mergulhado em silêncio e a ligação desliga. Fico sozinho, iluminado pela luz pálida do poste. Recordo-me de nós dois no metrô, sentados lado a lado, minha pele tão esbranquiçada quanto a dela, mas incrivelmente quente, como se houvesse uma fórmula química que age com a proximidade de nossos corpos. Acho que, naquele momento, meu propósito em relação a Ayako já havia sido determinado na minha cabeça.

Para Continuar

De súbito, surge o barulho da tranca da porta, depois do portão externo. Para meu alívio, ele é suspenso e consigo enxergar os olhos-de-personagem-mangá (úmidos como nunca antes) encaixados em um quimono colorido.

Ayako abraça o próprio tórax, enquanto lágrimas despencam pesadas em suas bochechas. A visão me deixa sem fôlego. Sei que continuarei assim por mais alguns instantes.

— Você podia ter sido assaltado — comenta ela num choro.

— Mas não levariam a única coisa que realmente me faz falta: você.

Ayako deixa o soluço tornar-se ininterrupto, e eu não consigo resistir ao desejo de beijá-la. Então me aproximo dela e limpo seu rosto com o meu. Nossas respirações se multiplicam. E cumpro meu destino com o beijo esperado, tal qual imaginei, sem que ela lute contra.

É difícil parar de provar da sua boca, mas em algum momento da eternidade isso acontece.

— Não acredito que estamos juntos outra vez! — comento enquanto a abraço. — Antes de vir aqui, eu tinha medo de muitas coisas. Medo de que você não falasse comigo, que achasse que quero me aproveitar de você, que eu te abandonei. E acho que um pouco de vergonha também.

— Eu não entendo...

— Eu sei. Vim aqui preparado para te contar tudo. Podemos entrar?

A melhor resposta não vem da boca de Ayako, mas de seu gesto. Ela me puxa pelo pulso para dentro da loja e volta a me beijar ardentemente. Posso dizer que esse beijo é melhor do que o anterior, porque foi ela quem tomou a iniciativa. Então Ayako interrompe apenas para fazer menção de abaixar a grade por segurança, mas digo que preciso pegar minha mochila e trancar as portas do carro, e só depois disso cerramos a entrada da loja juntos.

Vejo a bicicleta de Ho encostada em um canto da loja e fico especialmente preocupado com a posição do dono dela nesse instante.

— Onde estão todos? — murmuro.

— Deitados — responde ela num tom baixo. — Por sorte, ninguém tem o sono mais leve do que eu aqui em casa.

— Então eu posso começar?

Ela faz que sim, gentilmente. Nós seguramos nossas mãos. A falta de ar que senti outro dia pareceu voltar, e respiro profundamente. O que vinha esperando para dizer a Ayako não demora a surgir.

Começo a contar sobre a maneira como fui encurralado na saída da faculdade, sobre as ameaças de Kong e o pavor que senti na hora. Conto como cheguei depois em casa e as feridas que precisei cicatrizar (inclusive as de dentro da alma). Ela se horrorizou quando escutou o termo "arma", e isso ainda marca seu rosto com um pavor tão profundo que é impossível transferi-lo com palavras de alento. Então acelero um pouco mais e resumo toda minha vida desde aquele dia negro até o momento em que saí para jantar com meus pais, comentando sobre o celular desligado, e termino com a certeza de que, embora meu desejo fosse tê-la visto em todos esses minutos contados e recontados dos meus últimos dias, seria difícil garantir que nada fosse acontecer a eles ou ao estabelecimento.

Eu gostaria sinceramente de ter levado toda a minha confissão a um tempo mais remoto e revelar enfim meu problema de coração, mas esse assunto é tão complicado quanto querer derreter um iceberg com um fósforo aceso e deixo ele para depois.

Com uma preocupação dócil, ela diz:

— Você não devia ter me escondido isso! É importante demais!

— Eu não sabia como agir. E ainda não sei, para falar a verdade — revelo. — Uma vez você comentou que se preocupava com o que Kong pudesse fazer, mas não acreditei que ele era capaz de tanto. A única certeza que tenho é que estou aqui com você, agora.

— Cada dia sem você tem sido difícil. Meu avô está doente e me sinto muito solitária.

— Ojiisan adoeceu? — espanto-me.

— Ele já está melhor, mas ainda se recupera. Só que o apoio dele me faz falta, não tenho muitas pessoas com quem conversar.

— Então, se não é nada grave, vamos sair! Eu quero muito ficar perto de você nas próximas horas. E prometo que não deixarei de te escutar um segundo sequer.

— Não.

— Não? — pergunto, ao mesmo tempo em que Ayako solta as minhas mãos. Se não é por causa de ojiisan, eu não compreendo. — Pensei que estivéssemos nos acertando. O que mais falta acontecer agora?

Ela enxuga os olhos vermelhos e inchados.

— Desculpe. Você não compreendeu. Eu não quero sair, porque... porque preciso te revelar uma coisa. Te *mostrar* uma coisa.

— O que é, então?

— Venha comigo.

— Ainda não. — É a minha vez de recusar. — Eu também preciso te mostrar algo. Algo que venho guardando comigo todo esse tempo.

Sei que é a hora exata de desvendar o que carrego no tablet. Então eu jogo a mochila para frente e abro. Depois, puxo o aparelho para fora e encosto a mochila no canto, próximo à bicicleta. Com um único dedo, produzo a mágica: a tela do tablet ilumina o rosto de Ayako.

Em pouquíssimo tempo, parece ocorrer o inverso, é ela quem se ilumina. Normalmente sinto vergonha de mostrar meu trabalho para outras pessoas, ainda mais porque a maioria dos desenhistas sempre imagina que eles nunca estão finalizados. Mas com Ayako, percebo agora, é diferente. Pois sei que fiz uma tremenda cópia do rosto dela, e não há mais perfeição do que ter um de frente para o outro. E então imagino por quanto tempo, a partir de agora, sentirei vontade de mostrar tudo que faço para Ayako.

Muito, muito tempo.

Ela fica com as palavras engasgadas.

— Eu... não...

— Eu fiz isso logo depois que nos vimos dentro do metrô. Para continuar a lembrar do seu rosto. Continuar a lembrar do que senti por você desde aquele momento, Ayako. Na verdade, acho que eu me lembraria dele independentemente disso. Como você fez com a música.

Ayako alisa os dedos pela tela. Faz menção de chorar outra vez, mas, antes que aconteça, ela me olha e me abraça. Um abraço sincero, com força. Com amor. Ele faz com que nós nos conectemos. Quase posso ouvir o que está se passando em sua cabeça: "Por favor, nunca mais se separe de mim novamente. Nunca, nunca!". E, se ela não está pensando nisso, bem, eu estou.

— Agora é sua vez — digo.

Ayako faz que sim com a cabeça. Ela pede que eu espere um pouco e sobe as escadas. Largo o tablet junto à mochila e aguardo. Quando ela desce vestindo seu quimono, vejo que carrega algo dentro da mão. Depois, segura meu pulso e me puxa.

E eu a sigo até onde ela quiser me levar.

CAPÍTULO 27

O nível mais baixo que vamos é o do porão. Ayako traz consigo uma chave semelhante a que usei antes, e é exatamente o objeto que ela foi buscar lá em cima. Quando nossos narizes se aproximam da porta, as camadas tremeluzentes que escapam por baixo dela envolvem nossos pés semelhante às ondas de uma praia, e é impossível não se sentir mais leve com a visão. Então ela a abre e encaro o mar de luzes à minha frente, tão espantoso e incompreensível quanto da primeira vez. Tudo parece suspenso, como a tela de um filme pausado. Ao mesmo tempo, é um alívio deixar os degraus rangentes para trás.

Ayako me entrega a chave e pede para eu fechar a porta, mas, sem que ela perceba, deixo-a apenas encostada. Não me sinto seguro trancado aqui dentro com todas essas lanternas acesas. Em caso de incêndio, a única rota de fuga me parece ser por essa abertura.

Começamos a caminhar por entre os brilhos das estrelas. Por causa do silêncio, minha respiração profunda fica mais sonora. Mais um pouco e dá para movimentar as lanternas de papel de seda acima de nossas cabeças com ela. Por causa disso, Ayako me pergunta:

— Você está bem?

— Sim, estou — respondo, mas acho estranho minha respiração desregulada. — Isso tudo é incrível. Da outra vez você não me contou o que significam todas essas lanternas, lembra?

— Eu estava assustada. Você foi a única pessoa que pisou aqui dentro, além de mim e do meu avô. E dos meus pais, quando estavam vivos.

— O que aconteceu com eles?

Ayako e eu trocamos um olhar. Por coincidência, baixamos nossas vistas ao mesmo tempo. Ela, porque sei que se sentirá triste com o assunto. Eu, porque de repente acho que a pergunta foi incomodativa. Ainda assim, ela não se retém.

— Meus pais faleceram quando eu tinha 14 anos. Meu pai possuía uma motocicleta. Volta e meia ele a pilotava com minha mãe na garupa. Eu estava na escola quando recebi a notícia de que eles foram atingidos por um carro em um cruzamento na Bela Vista. O motorista desviou de uma obra no asfalto e agiu com imprudência com seu veículo, colidindo com eles de frente. Meu pai sofreu morte instantânea. Minha mãe, filha de ojiisan, foi levada a um hospital, mas não resistiu. Uma testemunha disse que o motorista do carro falava ao celular naquele momento e distraiu-se, não enxergando a obra a tempo.

— É por isso que vocês não têm celular?

Ayako faz que sim com a cabeça, levemente.

— Eu sei que usar isso como pretexto pode parecer insuficiente. Você pode se perguntar: eles não utilizam celulares por causa de um acidente que dificilmente ocorreria outra vez em mil anos com essa família? Mas eu não conseguiria.

— Entendo.

— Eu estava muito abalada para acompanhar o caso, mas parece que o advogado do condutor do outro veículo alegou falta de sinalização adequada na via em obras e conseguiu livrar seu cliente da responsabilidade. Não sei se era verdade, mas prefiro acreditar que o desastre ocorreu por uma conjunção de fatos infelizes. Passei um bom tempo oscilando entre raiva e dor, até que comecei a escutar os ensinamentos de ojiisan. Escutá-los, de verdade. Com todo o sofrimento, ele me ensinou que deveria focar minha energia em algo que valesse a pena. Eu perdi minha mãe, mas ojiisan perdeu uma filha. Foi ele quem me deu forças para continuar os estudos e a trabalhar na loja. Isso já faz algum tempo. Hoje consigo lidar melhor com a situação, apesar de às vezes sentir muita falta dos meus pais. E essas lanternas... bem, posso dizer que elas encaixaram nisso tudo.

— Acho que esse é o ponto em que eu me perco.

— Eu sei. Mas não por muito tempo. Venha comigo — diz ela.

Nós nos encaminhamos para uma ala mais ao sudeste de onde iniciamos nossos passos. Não que faça muita diferença, pois cada vez que olho para cima, parece o mesmo local de antes. Sou incapaz de identificar qualquer um dos ideogramas, e os brilhos e cores das lanternas se misturam, como se fossem sequências aleatórias e infindáveis.

— Há tantas... quanto tempo levaram para instalarem elas aqui? — pergunto.

— Ninguém as instalou, Leonardo.

— Como assim?

— Essas lanternas... elas *vivem* aqui dentro.

— Vivem?!

— Sim. Eu e meu avô somos como guardiões desse lugar. Nós as protegemos de qualquer coisa que possa interferir nelas.

Eu me calo na esperança que o silêncio vá ajudar a me fazer compreender as palavras de Ayako, mas é impossível. Continuo andando orientado pelos passos dela, até que atingimos uma área parecida com todas as outras nesse lugar. Não compreendo quando ela para e gesticula para que eu faça o mesmo, mas eu obedeço. Afinal, para onde mais iria?

Ayako segura minhas mãos e respira fundo, como se estivesse prestes a revelar o segredo mais importante de sua vida.

— Cada uma dessas lanternas representa um relacionamento maior que surge entre duas pessoas na Liberdade. — Ela movimenta o rosto para cima, exatamente onde está posicionada uma lanterna acima de nossas cabeças. — Essa, Leonardo... essa é a *nossa* lanterna.

Eu suspendo o meu rosto também.

— Nossa lanterna?

— Sim.

Volto-me para Ayako.

— Não entendo. Você construiu ela? Para nós?

— Eu não fiz nada, Leonardo. Ninguém fez. Essa lanterna nasceu no dia em que nos beijamos pela primeira vez.

— Hein?! — balbucio, confuso. — Como assim, *nasceu*?

— Elas surgem e desaparecem como se possuíssem vida própria. Algumas sobrevivem por muitos anos. Outras, não chegam a uma semana. É imprevisível, depende da intensidade do relacionamento de cada um. E da duração.

— O que está dizendo? Que elas surgem e desaparecem... por mágica?

— Não por mágica, mas por amor.

Fico com receio de dizer algo errado, porque Ayako parece delirar. Ainda assim, eu tento:

— Ayako, eu não...

Ela me interrompe.

— Escute, Leonardo, sei que é difícil de assimilar, mas não há outra explicação. Acredite em mim. Cada ideograma desses representa o relacionamento entre duas pessoas. E eu já lhe disse, ninguém vem aqui, além do meu avô e de mim. E agora, você.

— Não pode ser.

— Por que não? Acha que o que sentimos um pelo outro não é capaz disso? A sua vinda só comprova, nós não conseguimos mais ficar separados. É como se sofrêssemos por causa da distância. Não é o que sentia antes de vir aqui hoje?

— Sim, mas... É que... simplesmente não pode ser. Impossível.

As mãos dela apertam as minhas.

— Estou confuso, Ayako. Quero acreditar muito em você, mas não sei se consigo assimilar tudo. Você entende?

Ela sorri. "Sim, eu te entendo perfeitamente."

Ayako me abraça e coloca a cabeça encostada no meu peito, mas logo se retrai. Percebe a ondulação na minha pele. Eu me arrepio com sua descoberta. Nesse momento, gostaria de ter revelado antes.

— O que é isso? — pergunta enquanto alisa o local abaixo de minha clavícula com os dedos finos.

— Bem, esse é outro assunto que tenho para te contar.

Eu desabotoo minha camisa. Com calma, retiro-a do corpo enquanto penso se estamos realmente em privacidade. Minha tatuagem tribal fica exposta. As luzes acima de nós são suficientemente fortes para ver que ainda há algumas luxações da surra nas minhas costelas, alguns arroxeados, mas não é em nada disso que Ayako repara. Dá para ela visualizar a cicatriz com perfeição.

— Você passou por...

— Eu sofro de uma doença chamada cardiomiopatia dilatada idiopática. Nasci com uma insuficiência no coração para bombear o sangue, embora o problema só tenha se manifestado na adolescência. Até hoje passo minha vida tomando medicamentos e visitando o cardiologista regularmente.

— Sim, mas...

— Isso que você percebeu é um marca-passo transcutâneo que recebi há pouco tempo.

— Pouco tempo?! Quando?

— Um dia depois daquela primeira confusão aqui na loja.

— Oh, meu Deus! — dispara ela. — Quer dizer que você passou...

— Não, espere — interrompo. — Ninguém teve culpa disso. É um procedimento que pode acontecer mais cedo ou mais tarde com qualquer um que tem a doença. Foi o acaso. Eu estou bem, de verdade. — Tranquilizo-a pela segunda vez. — Eu escondo meu problema da maioria das pessoas. É mais ou menos como se esse fosse o porão de lanternas da minha vida — comparo.

— Essa cardiomiopatia... está controlada?

Faço que sim com a cabeça, mas é impossível esquecer quando apaguei no sofá da sala de casa.

— Não pense no pior. É assim que eu tento viver. Posso fazer menos coisas que um cara normal, apenas isso.

— Eu nunca poderia imaginar...

— Então estamos empatados, porque eu também nunca apostaria nisso tudo que me contou. Uma lanterna oriental representa o nosso amor? É sério? — pergunto, ainda confuso, mas passando a adorar a história. — Se você está segura do que está me contando, isso é um milagre! Posso tocá-la?

— Não!

— Por quê?

— Segundo ojiisan, qualquer deformação nas lanternas pode influenciar o sentimento das pessoas. É perigoso.

— O que está dizendo? — Eu sorrio, incrédulo. — Quer dizer que se algo acontecer à nossa lanterna, nosso amor pode se acabar?

Percebo que Ayako evita me responder diretamente. Ela está séria.

— Eu nunca toquei em nenhuma delas.

— Que tal agora?

— Nós dois não as tocaremos! Eu confiei em você e quero que você me prometa, Leonardo. Você consegue?

Posso ver a aflição nos olhos dela. Então, me contenho.

Passo a imaginar quanto tempo Ayako escondeu isso. Deve ser muito difícil tentar fazer alguém acreditar nessa história, e se Ayako me escolheu, não desejo que se arrependa depois. Pois esse é um daqueles momentos em que aprendemos a provar que somos confiáveis. Deixar de tocar uma lanterna? Para quem tem uma vida limitada, não parece ser tanta coisa assim. Então eu elevo as mãos dela até a minha face e as beijo carinhosamente, como quem responde: "Eu juro".

Ela me retribui com um carinho no rosto.

— Nós dois passamos por momentos difíceis na adolescência. Diferentes, mas muito difíceis.

— Sim, é verdade. Mas, agora, vamos preencher nossas mentes com coisas boas.

— Então... Posso te perguntar uma coisa? — Eu me preocupo com o que ela vai dizer, mas, abençoadamente, é fácil de encontrar a resposta. — Esse seu problema... quando você disse que pode fazer menos coisas que um cara normal...

Ela nem termina a pergunta e eu respondo:

— Ainda bem, nem todas estão proibidas.

Para Continuar

Ayako sorri, ruborizada. É bom poder agradar alguém com simples palavras. Em contrapartida, posso sentir a intensidade das emoções que trocamos nesse instante, como se elas fossem tão materiais quanto as lanternas.

Materiais, mas não palpáveis. Bem diferente de nós dois.

Ayako eleva um pouco o seu corpo e fica quase na ponta dos pés. Suas mãos tocam em algum lugar atrás da minha nuca e me puxam para frente. Minha camisa, antes jogada no meu ombro, despenca no chão no instante em que minha pele encosta em seu quimono de seda. A princípio, nosso beijo é aconchegante como a roupa dela. Depois, se transforma em algo ardente e indispensável.

Quando percebo, estamos deitados no chão frio, com Ayako enroscada em mim e minha camisa jogada ao nosso lado.

Não sei se é apenas uma impressão causada por toda a história que acabei de ouvir, mas enquanto unimos nossos corpos e subtraímos nossas razões, a lanterna acima de nossas cabeças torna-se mais e mais brilhante, como se controlada pela medida imponderável do nosso amor.

E ela fica assim, por bastante tempo.

CAPÍTULO 28

Ho acorda e emite um grunhido por causa do braço dormente que estivera por baixo de seu corpo, quem sabe, por algumas horas. Essa parece ser uma boa desculpa para não querer sair do quarto, mesmo que a bexiga esteja doendo de tão cheia. É bem verdade que há outras razões para isso, em especial, porque não gosta de andar sozinho pela casa escura com o fio desencapado do porão. Ou, talvez, por causa de Ayako. Ela sempre acorda quando ele se movimenta para fora do seu quarto, por causa do sono leve. Se não fosse o fato de que está quase desesperado de vontade de urinar, esperaria até um momento mais oportuno para sair e evitar que sua amada lhe fizesse perguntas estranhas como as que está acostumada a fazer nos últimos dias. Entretanto, os minutos passam devagar e a dor na bexiga destrói a sua tolerância numa velocidade inversamente proporcional. Então ele se cansa e decide se desprender da cama de uma vez por todas.

Depois de sair do banheiro, estranhamente, Ho não percebe nenhum movimento de Ayako. A cozinha está vazia e a porta do cômodo de ojiisan continua bem fechada. A do quarto de Ayako, porém, apresenta-se escancarada, e não precisa nem ser um explorador tão bom assim para descobrir que ela não se encontra lá dentro. Anormal, pois ainda é muito cedo para ela ter saído para providenciar algo que faltou no café da manhã. Mas, quem sabe, ela tenha ido comprar um remédio para o ojiisan doente. Nesse caso, é melhor esperar. E

Ho se convence que pode andar com liberdade por todos os cantos enquanto ela não reaparece e ojiisan permanece no quarto dele.

À medida que avança pelos degraus, Ho olha para o corrimão. Poderia arriscar uma descida por ele, mas o melhor mesmo é garantir que ninguém o pegará em flagrante. Ademais, não anda se sentindo muito feliz, e isso parece conter um pouco seus movimentos assim como o braço dormente que, por inteira felicidade, agora já não incomoda mais.

A luz da loja está acesa. A distância, confere que a chave está pendurada na porta e a plaquinha de "FECHADO" continua virada para fora. Até que um objeto puxa toda a sua atenção para si, como um ralo de pia que cria vórtices engraçados de água.

Ho esquece o corrimão, a escada e todo o resto, quando percebe o que está encostado em um canto da loja, próximo à sua bicicleta. Ele sente seu rosto empalidecer como da vez em que tentou beijar Ayako, uma sensação infeliz e desagradável. Sabe bem quem é o dono da mochila velha, porque pode ver o coração desenhado com o nome escrito dentro dele. Mas não entende como o objeto foi parar na loja, principalmente a essa hora da madrugada e com a porta ainda fechada.

Ho começa a andar descontrolado pelo piso, em círculos, e mesmo que não gostem que ele faça isso, sente uma irrefreável vontade de estapear as têmporas. Está muito, muito preocupado. Onde sua amada foi parar? Será que aquele-que-incomoda-Ayako foi capaz de sequestrá-la? Ou, pior... será que ele a escondeu em algum lugar? Parece-lhe o mais provável, embora soe estranho. E mesmo que Ho acredite ser o melhor dos exploradores do mundo, não houve tempo para se preparar, especialmente porque acordou há pouco.

Mas não há muitos lugares para esconder uma pessoa, reflete ele.

Ho pensa em chamar seu tutor e avisá-lo, só que isso pode piorar ainda mais o estado do ojiisan doente. Ele quer muito a ajuda de alguém, mas se estiver errado, qualquer atitude poderá aborrecer ainda mais Ayako e suas chances com ela irão de uma vez por todas por água abaixo. Por outro lado, salvá-la não seria uma má ideia, e a recompensa, melhor ainda.

Definitivamente, ela está escondida. Mas onde?

Não no andar de cima. Não na loja.

Quando se toca que só há um lugar possível, Ho se desespera.

Ele anda até a noren e enfia a cabeça entre as cortinas. Depois, olha para baixo. Para sua surpresa, a porta está apenas encostada, as luzes mancham os primeiros degraus da escada e nada pode fazer Ho sentir-se mais burro do que não ter percebido ou pensado na possibilidade antes.

Ele dá meia volta, assombrado, pois nunca viu a porta dessa maneira. Vai ver, o fio desencapado está mais furioso do que nunca.

É possível correr até lá embaixo e subir quase na mesma velocidade, ele conclui, embora não consiga imaginar quais as circunstâncias para fazer algo tão idiota, considerando que ele e Ayako podem morrer ali dentro caso o grande fio assassino decida envolvê-los. Se precisar carregar sua amada no colo, tal qual os filmes de heróis, com o peso, sua velocidade não será tão grande assim. E o que dizer da porta encostada? Significa que seu inimigo saiu correndo? Ayako provavelmente precisa ser salva, e de repente o risco lhe parece inevitável ao perceber que Leonardo fez algo de ruim a ela, porque ninguém a deixaria na companhia de algo tão perigoso.

A não ser...

A não ser, é claro, que ele ainda esteja lá dentro. De alguma forma, conseguiu o poder de controlar o fio desencapado e pode ter acontecido depois da última vez que esteve lá, por culpa de Ho.

Culpa. Culpa de Ho.

É tudo sua responsabilidade! Se algo acontecer a Ayako, ele nunca irá se perdoar. E ninguém mais seria digno de deixar uma garota nessa situação exceto Leonardo, raciocina ele.

Ho passa alguns minutos se convencendo de que talvez seja essa sua grande chance. Deve achá-la e trazê-la de volta. Ele dá o primeiro passo em direção a noren, mas suas pernas trementes forçam na direção contrária. Um explorador não deve se sentir assim, pensa. Mas talvez isso não seja tão importante para sua vida, nem mesmo sabe se deseja continuar sendo o explorador que tanto gostaria de ser, pois o medo se configura de uma forma que fica impossível seguir adiante. Mas se ele perder Ayako, nada mais fará sentido.

Sem saída, sua memória compreende que, se é de uma dose de coragem extra que precisa, nem tudo está perdido.

Ele olha para o telefone e, na ponta dos pés, vai até ele. Sabe a quem recorrer.

Ho aguarda Kong do lado de fora da loja, em meio ao breu da Rua Conde de Sarzedas. Apesar de não ter ninguém à vista, mantém a porta bem fechada porque não quer que nenhum inocente entre e sofra o mesmo pesadelo que Ayako. É tomado por um estranho pensamento de que o fio desencapado chicoteia de modo enfurecido as paredes abaixo de seus pés enquanto aguarda por ele, e os golpes são tão violentos que Ho quase pode senti-los machucando-o. Por isso, entre ficar sozinho do lado de fora e voltar para dentro, opta pela primeira alternativa.

Quando Kong chega em seu carro-vermelho-de-nome-difícil e estaciona na frente de outro veículo que ele desconhece, Ho é tomado, em parte, por um certo alívio. A outra parte surge ao perceber que seu primo está sozinho dessa vez. Nada de amigos mal-encarados com ele. E Ho ficaria até alegre com isso, se não fosse o péssimo momento que passa. Um impulso prolonga-se pelos seus membros e suas mãos desejam desesperadamente bater no entorno da cabeça, mas Ho tenta conter os movimentos para que Kong não brigue ou o golpeie outra vez. Só que isso não parece fazer o menor efeito quando seu primo sai do carro e diz:

— Devo estar maluco para vir aqui a essa hora da madrugada!

— Kong precisa ajudar Ho. Ho é os olhos de Kong na loja.

— Não precisa me lembrar disso. — Ele acende aquele-maldito--cigarro de forma grosseira e com raiva, o que faz despertar em Ho o monstro que chicoteia abaixo dos seus pés. — O que aconteceu?

— Aquele-que-incomoda-Ayako está lá dentro com ela. Prendeu-a no porão e fez Ayako de refém! Ele quer matar Ayako com o grande fio desencapado! Kong precisa ajudar...

— Pare! — ordena. — Um porão? Fio desencapado? Que loucura é essa que você está inventando agora?

As palavras querem sair apressadamente de dentro de Ho, em protesto, mas Ho acha que é melhor provar de uma vez por todas em vez de tentar explicar e decide abrir a porta para Kong. Quando o conduz para dentro da loja, suspende a mochila e mostra para seu primo. Não há prova maior do que essa, afinal. E, de repente, associa que o outro objeto do lado de fora, o veículo estacionado atrás do carro-vermelho-de-nome-difícil, deve pertencer a Leonardo também. Preparado para uma fuga rápida.

Kong dá uma baforada e sorri.

— Ora, ora... não é que o qíguài teve coragem de dar as caras novamente?

— Ele está lá embaixo com Ayako! Primo acredita em Ho agora?

— E o que eles estão fazendo?

— Ho não sabe. Ho não teve coragem de ir até lá.

Depois de parar para pensar um pouco, Kong dá uma risadinha, mas Ho não compreende o motivo.

— Os dois juntos? No porão, de madrugada? E você não quis espiar?

Ho quer falar de novo do perigo que há lá embaixo, mas ressente-se.

— Foi o que Ho disse — simplifica.

— Tanto faz. — Kong dá de ombros. — Você vai resolver isso.

Kong dá outra baforada e, dessa vez, preenche parte do ar dentro da loja. Ho se preocupa se quando Ayako estiver a salvo e ojiisan sair do quarto sentirão o cheiro fétido daquele-maldito-cigarro. Mas há uma inquietação maior e mais urgente do que essa, e Ho não entende o que seu primo quis dizer com sua última frase, porque parece que só ele resolveu um enigma que sequer compreendeu que existia. E, antes que consiga replicar, Kong estende os pés para fora da loja e

vai até o carro-vermelho-de-nome-difícil. Ao menos, ele atira aquele-
-maldito-cigarro para longe.

Quando retorna, a sineta da porta parece anunciar que nada será bom daqui para frente. Nada mesmo.

— Tome.

— Por que primo está com isso na mão?

— Hoje é o dia em que vamos separar homens de garotos.

— Ho não entende o que Kong está dizendo.

— Não importa. Pegue e vá até lá embaixo.

— Ho não quer...

Há um vazamento de impaciência que sai pelos olhos do seu primo desde que chegou, e agora ele fica mais contundente.

— Vamos, seu demente! Dê um jeito nessa sua estupidez de uma vez por todas! Você me chamou aqui, não é? Eu estou te dando uma oportunidade de acabar com seu problema.

— Ho nunca pensou em ser malvado com as pessoas. Ojiisan sempre alertou que é errado — defende-se.

— Eu nunca deveria ter deixado você aqui com esse velho escroto! Onde estava com a cabeça de permiti-lo como seu tutor?

— Ho gosta de ojiisan.

O rosto de Kong torna-se duro como pedra.

— Você gosta mais dele do que de mim? É isso? Ingratidão?

O estômago de Ho se esvazia, mais do que antes.

— Você só está aqui porque é um imbecil que ninguém quer tomar conta. Esse pessoal tem pena de você, nada mais! E agora você quer salvar a coitadinha da neta dele, que não te dá a mínima. Mesmo assim, se quiser fazer isso, faça por você mesmo. Tome!

Ho recebe o objeto pesado de Kong, forçadamente. Tem medo que deixe cair de suas mãos. Tem medo de qualquer coisa que aconteça, porque poderá ser bem pior do que o que houve com o pobre Maneki Neko, que perdeu a cabeça.

Kong avisa:

— Não é para disparar, demente! Basta dar um susto no qíguài.

Para Continuar

As mãos de Ho quase trocam de cor com a pistola negra dentro delas. Um soluço fraco sai de seu peito. Ele não consegue conter a vontade de chorar, e logo sua vista está embaçada de lágrimas. Chamar seu primo não parece ter sido uma boa ideia agora. Não apenas pelo objeto inesperado que ganhou dele, mas por tudo o que precisou escutar em seguida. Com isso, mal pode sustentar sua cabeça para cima.

Mal, muito mal. Derrotado.

O sentimento de Ho se prolonga por intermináveis segundos enquanto está parado com a arma de Kong nas mãos, até que é despertado pela fúria do seu primo, que desfere um tapa em sua cabeça sem o menor sinal de que vai se arrepender depois.

— Vá logo, imbecil! — grita.

— Kong fi-ficará aqui em cima?

— Sim. Faça o que tem que fazer e eu te esperarei. Vou tirar você desse lugar nojento de uma vez por todas.

Ho não quer que o leve de casa, mas a partir do momento que chamou Kong, não parece mais ser uma opção. Talvez seu primo aceite carregar Ayako com eles, caso ela sinta-se feliz em ser salva. E isso faz Ho mudar de ideia.

Por baixo de toda a tristeza e dor que ele sente, ele percebe que uma semente de coragem começa a germinar, a mesma que faz conter o choro. Kong confia que ele vá fazer o certo. E, não por menos, é a primeira vez que recebe a verdadeira confiança de alguém, uma atitude ao mesmo tempo assombrosa e gratificante. Com isso em mente, Ho arrasta o antebraço no nariz para limpá-lo e prende a arma na calça do pijama, a exemplo do que vê nos filmes. Finalmente atravessa a noren com a certeza de que precisa enfrentar o fio desencapado. E, se precisar, deve enfrentar Leonardo. São dois riscos que nunca pensou em correr, mas com uma arma em sua posse, uma arma verdadeira, pode ser que dê certo.

Quando percebe, Ho já desceu os degraus rangentes e está tão próximo da porta que o espaço entre eles pode ser medido apenas pela sua respiração ofegante. Ele gira o pescoço para cima, mas não tem Kong em seu raio de visão. Torce para que seu primo continue lá, esperando por ele.

    E, pela primeira vez na vida, Ho empurra a porta.

CAPÍTULO 29

Quando eu acordo, a leveza da noite evapora-se com a forte presença que causa uma cauda longa e sombria sobre meu corpo. Demora alguns segundos para me tocar que estou deitado no chão do porão do estabelecimento de Ayako, abraçado a ela, com minha camisa que serve quase inutilmente de apoio para nossas costas no chão frio. Sem querer, adormecemos juntos. De forma estranha, uma lanterna próxima (ao lado da que Ayako diz ser a *nossa* lanterna oriental) parece ter seu brilho diminuído quase minimamente, como se uma simples lufada de ar pudesse apagá-la. E logo percebo que a cauda longa e negra nada mais é do que a sombra da pessoa que se movimentava de forma frenética a poucos centímetros de nossas cabeças.

De repente ouço o som estrangulado, como da primeira vez em que estive dentro da loja de luminárias, misturado a um choro agonizante:

— Por que... Ayako... fez isso... com... Ho?

Eu me levanto num salto e, por instinto, coloco meu corpo à frente de Ayako, que parece ter se precipitado num susto, assim como eu.

— Ho? O que está acontecendo? — a voz dela surge por detrás de mim.

— Por que Ayako fez isso com Ho? — repete ele. Movimenta-se como um animal estonteado, indo e vindo para os lados. Avista a constelação de lanternas acima de nossas cabeças e desce os olhos com o mesmo peso das lágrimas que escorrem pelo seu rosto. — Por quê? Por quê? Por quê?

— Ho, acalme-se.
— POR QUÊ?

Eu fico absolutamente imóvel desde o momento em que reparo o que ele carrega nas mãos. Ou melhor, na mão contrária a que atiça violentamente a têmpora esquerda, muito mais vezes do que da primeira vez que nos encontramos na loja. É a arma que esteve apontada para a minha cabeça, tenho certeza. A arma de Kong. Procuro o dono dela num raio de metros à minha volta, mas não há nenhuma presença visual do chinês loiro, apenas o inseguro e afoito Ho, cujo corpo continua a ser um emaranhado de molas que não para de vibrar freneticamente. Quero olhar mais para os arredores e procurar possíveis rotas de fuga, mas quase não consigo tirar os olhos da coisa que está nas mãos dele. Porém, não é necessário me virar para notar que as nossas saídas não são muitas, e todas elas parecem convergir para um só ponto: o desastre iminente.

Ayako separa-se das minhas costas, com as palmas das mãos estampadas na direção de Ho, e tenta acalmá-lo antes que faça uma besteira. Eu sussurro "não", mas ela não me escuta. Ou é isso, ou está certa de que conseguirá contê-lo. Então eu penso que a única chance que temos é se eu me mover com cautela enquanto ela o distrai. Preciso ter esperança que vou conseguir tirar a arma das mãos de Ho e tentar imobilizá-lo. E, se isso já não fosse um desafio para quem possui o probleminha que possuo, mais uma vez assusta-me o fato de sermos quase do mesmo tamanho e peso, ou seja, não há nenhuma vantagem entre nós dois, e eu permaneço estático como as milhares de lanternas que estão acima de nós e que parecem observar a cena.

Ayako diz, sutilmente:

— Ho, eu sei que pode ser confuso, mas você está num lugar bom nesse momento.

— Onde ele está? O fio desencapado?!

— Não há nenhum fio desencapado! Não há nada a temer aqui dentro. O que você está vendo acima de nós são apenas lanternas orientais. E elas são inofensivas. Eu e ojiisan queríamos contar a você, mas tínhamos medo que não compreendesse.

— Ho vê que são lanternas! Ho não é cego! — diz em meio a soluços.

— Sim, é claro. Mas elas têm um significado especial. Cada uma delas representa o amor entre duas pessoas. — Ayako dá um passo lento à frente. — Olhe para cima. Essa lanterna — ela aponta para a mesma que observei antes — foi criada para nós dois. Nós a tornamos possível. Ela é sua.

— Ho não compreende nada que Ayako está dizendo. Nada, nada!

— É claro que não! Como eu sou boba! — Ela sorri e tenta agir naturalmente. — É por isso que nós dois iremos chamar ojiisan, e ele vai te contar tudo. Certo?

— Ojiisan... ele também mentiu para Ho! — expõe com os lábios trementes e a cabeça baixa. — Mentira atrás de mentira... todos fingem para Ho...

Não está dando certo. Vejo que a lanterna para qual Ayako apontou diminui cada vez mais sua luminosidade, como se a raiva que Ho sente criasse uma interferência nela. A nossa, ao contrário, parece inversamente pulsante, talvez porque estou morrendo de medo de perder Ayako. A história que ela me contou já não me parece tão absurda, e os espaços vazios em meu cérebro estão tão cheios de palavras que sou capaz de apostar que algo realmente espetacular e incompreensível preenche o interior das lanternas.

Eu finalmente me mexo, mas é um erro. Nada mais à nossa volta se movimenta, o que deixa meu gesto vulnerável. Ho percebe e volta a me fixar com os olhos, ou melhor, no meu peito desnudo. Aponta a arma na minha direção. Eu congelo. Ayako arregala os olhos.

— Coloque isso no chão, Ho! — exige ela. — Você não quer fazer isso.

— Não...

— Coloque agora!

— NÃO!

Ayako caminha em direção a ele, sem acreditar que Ho possa fazer algum mal. Mas talvez, mais por medo ou insegurança do que qualquer outro instinto, Ho empurra Ayako com uma força perceptivelmente excessiva. Eu tento segurá-la, mas estamos a alguns metros um do outro, e nem chego perto de tocá-la. Ela se desequilibra e cai, uma pancada tão alta que posso ouvir o amontoado de ossos chocar-se no piso duro, inclusive seu crânio.

Ho está fora de si.

E, ao ver Ayako desacordada no chão, eu também fico.

Meu coração dispara como um foguete, de forma mortífera, mas isso não me impede. A minha cardiomiopatia dilatada não tem mais nenhuma importância. Não há mais nenhuma razão para eu me conter.

A luz da minha lanterna e de Ayako torna-se tão forte e brilhante que é quase capaz de esquentar o chão abaixo de nossos pés. Enquanto me lanço em direção a Ho, encontro seus olhos chineses arregalados como duas bolas de bilhar, espelhado pelo reflexo daquilo que representa o que há de mais puro e sincero entre eu e Ayako.

A lanterna o assusta muito mais do que eu.

E, então, Ho aponta e atira.

O fogo explode pelo cano da arma. Ouço o estampido reverberar próximo a meus ouvidos, e ele se estende pelo espaço infindável que nos separa das paredes desconhecidas. Mas o tiro não me acerta. Ele não tem esse objetivo, pois não sou o seu alvo.

É a lanterna que ele atravessa. A mesma que representa o amor que eu e Ayako sentimos um pelo outro.

Ela se destrói, ao tempo em que uma pontada aguda e insuportável aflora dentro do meu peito e que torna meu coração duro como uma rocha. A dor é dez vezes pior do que a que senti no sofá da sala de casa, porque ela me dá uma chance mínima de respirar. Meus membros inferiores amolecem e meu corpo despenca no chão de terra como uma marionete que tem as cordas rompidas de forma abrupta. A dor irradia-se para minhas costas, mandíbula e braço esquerdo. Meu sangue se espreme para conseguir chegar a lugar nenhum.

Quando giro a cabeça para o lado, ofegante, tenho a sensação de que Ho corre desesperado, tal qual uma criança assustada. Mal consigo enxergar Ayako, mas pressinto que ela continua desacordada ao meu lado, no chão que agora está mais irregular do que nunca.

Não tenho como pedir ajuda, nem mesmo buscar o celular dessa vez. A minha língua torna-se grande demais para caber na boca, e a saliva escorre como ácido pela garganta. Talvez seja sangue, mas não consigo definir. Minha cabeça parece que vai explodir com a dor. Ainda assim, junto todas as minhas forças para fazer um movimento lateral com o meu corpo, para não sufocar. Sei que em breve não conseguirei mais, porque meu coração irá parar de funcionar e eu estarei morto.

Ou já estou.

CAPÍTULO 30

Ho sobe as escadas correndo e tropeça nos últimos degraus, enquanto procura desesperadamente não deixar a arma cair no chão. Quando ultrapassa a noren, é os olhos de Kong que ele encontra. Há um impacto resultante da força com que seu primo toma a arma de suas mãos, como se Ho tivesse feito a pior coisa do mundo. Essa é sua última real impressão, porque logo após os sentidos ficam debilitados, tomados por um fogo sobrenatural que os extingue devagar e não deixa compreender direito o que acontece à sua volta, especialmente ouvir o que Kong fala de forma atabalhoada.

Kong esconde a arma em algum lugar da roupa. Ho tem as mãos tomadas de suor e parece ter esquecido a maneira como se comunica, porque nenhuma palavra desprende-se de sua boca e não consegue responder às inúmeras perguntas que Kong lhe faz sobre o que aconteceu lá embaixo. Seus braços e pernas estão pesados, e ele não tem dúvidas que seu problema repentino é um castigo pelos atos que praticou há pouco, sem esquecer-se, é claro, do Maneki Neko que perdeu a cabeça por sua causa maldosa e trouxe azar a todos na casa.

Em algum lugar distante, a sineta toca quando Kong abre a porta e desaparece. Antes de seguir seu primo, Ho olha para trás e vê a silhueta pequena do doente ojiisan, próxima a noren, possivelmente desperto com a algazarra acometida nos últimos instantes. Uma sensação de culpa sobe pela garganta. Ele quer muito pedir o perdão do seu tutor, mas as palavras insistem em permanecer bloqueadas e abjetas. E, antes que qualquer plano seja transformado pelas falas de sabedoria de ojiisan, as noren estão outra vez vazias, e ele já deixou-o sozinho na loja.

Em breve ojiisan verá o que Ho causou lá embaixo: Ayako machucada no chão, e Leonardo, sem que ele entenda por que seu inimigo despencou tão depressa, se sequer o tocou. Talvez ele tenha encostado no fio desencapado, acredita. Talvez o fio seja de verdade, mesmo que ninguém o tenha percebido ao lado deles, como uma cobra que surge das trevas e dá o bote.

Num ato súbito, Ho arranca a sineta da porta e sai do estabelecimento, prevendo que nunca mais voltará a vê-lo pelo seu interior. Ele quer impedir seu coração de acenar tristemente para o lugar, mas depois do que fez dificilmente seus olhos contemplarão as lâmpadas, lustres, luminárias e plafons coloridos que ele tanto se acostumou a admirar. E, pior: também nunca descerá o corrimão, e poderia ter tentado pelo menos uma única vez em toda a sua vida, se soubesse que tudo isso iria acontecer.

Ho volta a chorar. Kong abre as portas do carro-vermelho-de--nome-difícil para que eles entrem, mas Ho apavora-se com a ideia. É um mau pressentimento que Ho não sabe explicar, mas que está alojado em seu peito há muito tempo e faz o choro tornar-se compulsivo, porque o veículo está sempre andando depressa demais. Kong se enfurece. Obriga-o e empurra-o para dentro, instalando seu corpo no banco do carona para, em seguida, fechar a porta. Seu primo parece temente, mas de forma distinta, ansioso para sair correndo. Fugir.

Kong toma seu lugar à direção, apressado. Ho quer abrir a porta, mas, se mal consegue respirar, que dirá mexer no trinco. Seu primo dá a partida e Ho agarra-se na sineta. E tudo fica mais sufocante quando Kong acende aquele-maldito-cigarro dentro do carro.

Aquele-maldito-cigarro-no-carro-vermelho-de-nome-difícil.

Para tentar se controlar, Ho começa a pensar em Ayako. Mas, inevitavelmente, vem o pensamento de que ela nunca será sua depois do que ele acabou de fazer no porão de lanternas estranhas. Isso aprofunda ainda mais sua angústia e torna o sentimento difícil demais para suportar. É quando os sentidos tornam a ficar evidentes, como se seus ouvidos fossem iguais a antenas e passassem a captá-los outra vez.

O carro já está em velocidade considerável ao descer uma das ladeiras da Liberdade, a mesma que Ho caiu de forma desastrada de sua bicicleta. Quando ele se lembra, o tremor em seu corpo se transforma em náusea e o abdome se retrai. Em seguida, é inevitável deixar que o vômito se espalhe entre suas pernas e o banco de couro, o que causa um transtorno em Kong, porque Ho vomitar no carro-de-nome-difícil parece ser algo insuportável para seu primo. E, mesmo em movimento arriscado, Kong arremessa seu braço para o lado e atinge o rosto de Ho. Só que ele está farto disso.

Culpa de Kong.

Ho larga a sineta e coloca suas mãos no volante. Ele precisa parar o carro-vermelho-de-nome-difícil e sair dele, mas Kong se desespera com sua atitude, quando tudo no interior do veículo sacode de um lado para o outro e passa a rodopiar. Ho percebe que foi muito imprudente com aquilo, mas, no fundo, vê que não há nenhum problema. Porque talvez seja hora de deixar de querer ser um explorador; de parar de se machucar quando cai de forma boba de uma bicicleta; de quebrar coisas dentro de estabelecimentos que não são seus; de assustar casais de velhinhos inocentes; de atirar em lanternas esquisitas com armas de fogo; de trair a confiança de ojiisan; de libertar-se do amor incontrolável e sem resposta que sente por Ayako...

Não.

Talvez esse último, nem tanto assim.

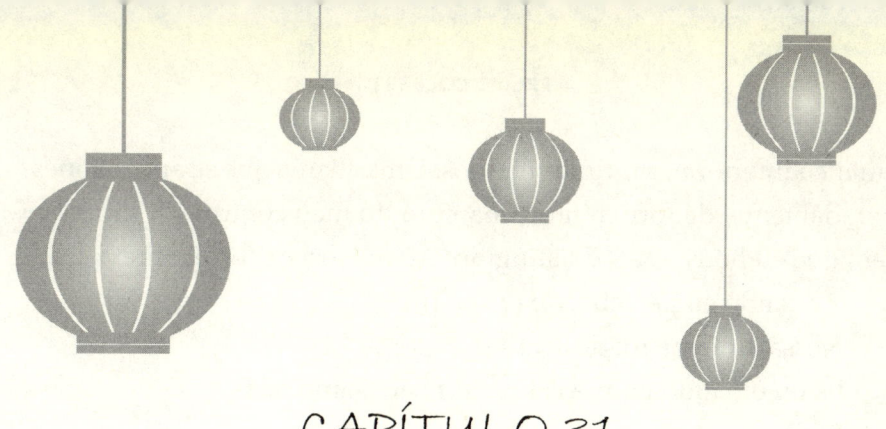

CAPÍTULO 31

Sei que muitas coisas estão acontecendo, mas estou fraco demais para agir nesse instante. O peso do mundo parece apoiar-se sobre meu peito, esmigalhando-o, fazendo-me quase perder a consciência. Meu limite.

Tive muito medo quando esse momento chegasse. E ele chegou.

Minha vida apregoada novamente nas mãos de outras pessoas. Dessa vez, de um homem velho e franzino que não fala minha língua e anda com sandálias quadradas, arrastando-as de forma apressada pelo piso do porão, enquanto eu mal consigo suportar a espera.

Eu deveria sentir alívio, mas não dá.

Por algum motivo que não sei explicar, o ancião me alcança antes de verificar o estado de Ayako. Só pode ser por causa da minha aparência, deve estar mesmo péssima. Ambos sabemos que ele não conseguirá levantar meu peso, mas ele não se esforça para fazer isso, apenas coloca as mãos juntas no meu peito e pressiona.

Eu viro a cabeça para o outro lado. Com uma força que daria inveja a mil gladiadores, mas consigo.

Os olhos de Ayako permanecem fechados. Vejo um filete de sangue escapulir por baixo de sua cabeça. Por que ela não acorda? Tenho receio que o velho tenha se enganado e que ela esteja em piores condições do que eu.

Mas não é apenas isso.

Sinto uma estranheza. Há um vácuo dentro de mim, como se o tiro dado por Ho houvesse arrancado tudo que se instalou de melhor em meu interior nos últimos tempos. Uma chama que se apagou inesperadamente, de forma infortuna, fora do meu controle. E tudo isso sem que eu houvesse sido atingido. Ao menos, de forma direta.

É quando eu percebo, de forma triste.

Nossa lanterna foi destruída.

Estou olhando para Ayako, mas não a amo mais.

E, por causa disso, eu desisto.

CAPÍTULO 32

Às vezes, é necessário voltar ao começo. Mais especificamente quando minha cardiomiopatia dilatada tornou-se "material" pela primeira vez, dentro do consultório do Dr. Evandro, e nunca mais deixou de ser.

Até então eu nunca havia escutado o nome de minha doença. Mas há muito a se dizer sobre a cardiomiopatia dilatada idiopática. Boa parte da explicação é científica, parece até um pouco confusa, mas, no final, é tudo muito simples e inversamente importante.

A dilatação do coração faz com que as válvulas cardíacas abram e fechem de forma inadequada. Esse fechamento produz uma espécie de *sopro* que pode ser auscultado por um médico através de um estetoscópio. Naquele dia, pude perceber pelo rosto do Dr. Evandro que havia algo diferente, mas nem me passava pela cabeça o que era.

Sem que eu suspeitasse (meus pais, é claro, foram alertados em segredo), o Dr. Evandro solicitou uma combinação de exames para revelar a medida do meu problema. Uma radiografia do tórax imediatamente revelou um inchaço da área cardíaca. O ecocardiograma, as alterações globais das paredes ventriculares. Por fim, a ressonância magnética definiu que ela era idiopática. Nunca cheguei a fazer um cateterismo, tampouco uma biópsia do miocárdio, pois nada disso traria algo de novo para o que eu já havia sido predestinado. E finalmente surgiu o dia em que soube do risco de morte iminente, mesmo que fosse algo que o Dr. Evandro refutasse por causa das inúmeras soluções que a medicina de hoje oferece.

Mas também há muito mais a se dizer sobre o meu tipo específico de cardiomiopatia. Com o tempo, o prognóstico pode piorar bastante à medida que as paredes do coração tornam-se mais dilatadas e a função cardíaca se deteriora. Pode-se chegar a um estágio em que a utilização de medicamentos vira uma tentativa frustrada de conter o problema, pois o paciente já apresenta sintomas incapacitantes. Até mesmo o marca-passo é insuficiente, como foi comprovado no meu caso. Então, para prolongar a expectativa de vida, é necessário uma medida mais urgente — e drástica.

O maior requisito para quem não tem saída é o transplante de coração.

Eu sabia disso. Sempre soube.

Apenas não queria pensar.

É claro que o transplante cardíaco apresenta limitações pela escassez de potenciais doadores, assim como acontece com a maioria dos outros órgãos humanos. Médicos em todo o mundo propõem estratégias terapêuticas que possam diminuir a fila de espera. Enquanto isso, você pode ficar muitos dias preso a uma máquina, numa profunda ambição por um coração saudável. Quando se encontra um doador, o tempo desde o momento em que o órgão é retirado de um corpo e levado a outro não pode passar de quatro horas. E, ainda que tudo isso dê certo, o paciente corre o risco de rejeição.

Em chances quase inimagináveis, dessas que acontecem na proporção de uma em um milhão, você pode ter a sorte de encontrar um doador com morte encefálica no mesmo hospital em que você está. E se o seu estado for extremamente grave, para salvar sua vida, o médico tem a autonomia de fazer o transplante imediatamente.

No final das contas, o que importa é que o transplante é a única solução quando seu coração se sente incapaz para fazer o trabalho dele.

Só que quem sofre todo o processo é o resto do corpo.

Disso, fico sabendo agora.

CAPÍTULO 33

Eu retorno do banheiro e uma enfermeira me auxilia a deitar na cama. Estou há dias confinado no hospital. Primeiro a UTI, agora neste quarto. A cada movimento que faço, sinto meu externo ligeiramente curvado para dentro. Posso ver o relevo dos grampos que juntam os ossos que foram serrados durante a cirurgia, mesmo que estejam por baixo dos curativos e do avental de paciente. Eles não me escapam aos olhos. Na verdade, creio que estou curvado porque tenho medo de que, ao esticar as costas, eles pulem para fora e o interior do meu peito fique exposto como se algo saísse de dentro dele.

Eu agradeço a mulher, que me deixa sozinho depois de dizer que em breve receberei alta. Não sei se é uma informação que ela poderia revelar, porque imagino que somente médicos deem esse tipo de notícia, mas aprecio a afeição dela, mesmo que tudo não passe de simples palavras de conforto.

Logo depois que a porta fecha, retorno os olhos para o alto. A televisão está ligada, mas não prende minha atenção. Tenho plena consciência que trouxe, da sala de cirurgia, uma depressão de brinde. Eu me comunico muito pouco, interajo menos ainda. Meus pais entendem tudo o que está acontecendo e respeitam meu modo de agir. Ou melhor, de não agir. Ainda bem. Parece que o Dr. Evandro, em algumas de suas inspeções, orientou-os à perfeição. Enfim, todas as pequenas conversas que tive com meus pais surgiram com entusiasmo forçado, mas, durante esse tempo, somente uma coisa me passava pela cabeça: o pior de morrer não é saber que eles ficarão sem mim. É justamente o contrário.

O dia de deixar a internação chega em um sábado. Sigo todos os protocolos até a porta de saída do hospital. Meu pai busca o carro no estacionamento. Minha mãe permite que eu ande no banco do carona para ficar mais confortável. A combinação de barulho de trânsito, sons de pássaros e o vento batendo no meu rosto produz um nó na minha garganta. Contenho-me para não chorar na frente dos meus pais. Sei que é bobeira, são coisas muito simples, mas dói pensar que eu quase perdi tudo isso. Ou talvez o choro continue sendo apenas por causa da depressão, que não me larga de jeito nenhum.

O meu silêncio é permanente durante todo o trajeto até em casa. Em determinada hora, terei que conversar com meus pais sobre tudo o que houve. Eles só sabem que fui salvo porque um senhor oriental com mais de oitenta anos e que não fala nossa língua agiu como meu anjo da guarda até que uma ambulância conseguisse me levar a um hospital. Por algum motivo, não houve nenhum contato direto entre ojiisan e meus pais, mesmo que eles quisessem agradecê-lo. Por algum motivo.

Algo mais aconteceu, que eu não compreendo.

Quando irrompemos a porta de casa, meus pais deixam que eu seja o primeiro a entrar. Percebo que há um papel largado no chão, solitário em algum lugar no caminho entre a entrada e a sala de estar, e que aparentemente foi parar aqui porque alguém empurrou-o pela fresta por baixo da porta fechada. Recordo-me das luzes no porão da loja de luminárias, mas elas parecem um sonho distante. Não faço a menor menção de me abaixar, é claro. A impressão que tenho é que nunca conseguirei fazer isso de novo, somente aponto o objeto com o dedo e minha mãe pega-o do chão.

Ela passa os olhos rapidamente.

— É um bilhete de Penken — anuncia. — Quer que eu jogue fora?

Fico surpreso e indeciso. Vou até o sofá da sala e sento-me com a mesma mobilidade de um manequim de madeira.

— Como ele ficou sabendo? — pergunto com as sobrancelhas unidas.

— Eu telefonei para ele do hospital — adianta meu pai assim que percebe meu estranhamento. — Consegui o telefone através da faculdade, depois de me identificar e contar o problema. Disse que poderia visitar você, mas seu amigo teve receio de como iria recebê-lo e foi sincero em dizer que preferia não ir ao hospital.

— Bem, ele não estava tão errado assim — comento enquanto olho para os móveis da sala. São os mesmos de sempre, mas a impressão é de que são terrivelmente novos para mim. Será assim com todas as outras coisas daqui para frente?

— Nós entendemos — responde meu pai, tão logo coloca minha mala de roupas no chão, ao lado da minha mãe, que permanece segurando o bilhete à espera da minha sentença. — Mas também comentei que você havia ganhado uma nova chance, e talvez fosse uma boa ideia vocês conversarem quando recebesse alta. Acho que ele quis dar o primeiro passo com o bilhete.

— Se ele ouvisse o que o senhor disse agora, falaria que isso é...

— Eu sei. Papo de boiola.

Eu sorrio voluntariamente. É tarde demais, porque meus pais veem. Eles sorriem também. Mesmo distante, Penken não perde esse poder danado. Mas não somente isso, o termo "nova chance" que meu pai disse há pouco reverbera na minha cabeça. Não tem jeito. Se tudo o que está acontecendo é um recomeço, acho melhor recomeçar direito.

— Tudo bem, dê isso aqui.

Minha mãe me entrega o papel. Eles me deixam sozinho na sala. Eu leio os garranchos de Penken:

"Leonardo, eu soube o que te aconteceu. O bom é que finalmente tu conseguiu se livrar do seu grande problema. O outro (ou seja, eu) não te incomodará mais. Espero que você esteja bem, de verdade. Não sei se te *devo alguma desculpa, mas penso que a nossa amizade não merecia isso. Um dia, quem sabe, conversaremos. Té mais. Penken."*

Encontro seriedade nas palavras dele, o que não é habitual de Penken. Fico com receio de que nosso afastamento o tenha mudado, deixando-o sem graça. Ao contrário do estranhamento que tive ao reencontrar os móveis de casa, espero que Penken continue sendo o mesmo cara de antes, pois não desejo nada de diferente partindo dele.

Eu me endireito no sofá, desfaço o rosto murchado e, lavrado por uma certeza absoluta, apanho o telefone que está no meu bolso. Lembro que apaguei o contato dele e de Malu quando estava aborrecido, mas é impossível esquecer o número que disquei e vi tantas vezes na tela do meu celular.

Quando ele atende, concluo que já sabe que sou eu, porque duvido que tenha feito a mesma besteira que eu fiz, apagar meu nome. Mas não deixo ele falar nada, apenas digo:

— Eu não me importo mais.

— Como é?

— Você e Malu. Prometo que irei me acostumar com a ideia.

Ele deixa o vento escapulir pelo enorme nariz, bastante audível.

— É bom ter você de volta, cara. — A voz dele mantém a mesma seriedade do bilhete, dosada por uma ansiedade que atravessa a ligação e penetra no meu ouvido. Não sei como fiquei sem isso tanto tempo. Meu amigo. Meu melhor amigo.

— Bem, eu não fui muito longe — revelo.

— Pelo que soube, *quase* foi, não é? — diz ele, e eu compreendo perfeitamente. — Ainda bem que deu tempo de você colocar um treco novo aí dentro...

— Eu já disse que não dá pra ganhar um coração novo, lembra?

— É, eu sei. É que estou meio nervoso de falar contigo de novo, só isso.

— Tudo bem. Só não me peça para assistir a nenhum vídeo de transplante de coração, ok? Quero esquecer que estive outra vez numa mesa de cirurgia.

— Acho que seria um pouco demais para mim também — responde. — Você sabe de quem ganhou o coração?

— Não. Há todo um protocolo quanto a isso. As informações sobre o doador e receptador são mantidas em sigilo. Acho que para preservar as famílias, sei lá.

— Entendi — completa. — Mas já pensou se for o coração de uma mulher?

Minha cabeça gira.

— E o que tem?

— Não vai ficar afeminado a partir de agora, não é?

Eu desdenho do comentário, mas caio em mim de que até então não me recordei da possibilidade de o órgão ter ocupado um corpo do sexo oposto. Certa vez eu li que é perfeitamente normal, se tudo mais for compatível entre o doador e o receptador. E a estranheza que vivenciava antes volta a me abater, sem que eu entenda o motivo.

— Ei, o que foi? Ficou calado de repente? — pergunta Penken.

— Não é nada.

— Temos muito o que conversar. Quer que eu vá até aí?

— Não, meus pais estão em casa e parecem bastante cansados. Os últimos dias foram complicados pra caramba. Mas vou querer revê-lo, sim.

— Legal — diz. — E a sua garota? A japonesinha? Ayako, não é?

Assim que escuto o nome de Ayako, sinto um forte aperto na garganta. Fecho os olhos com força. Toda a história sobre as lanternas orientais volta a inundar minha cabeça como se elas se personificassem à minha frente. Porque não há outro verbo a utilizar, uma vez que elas pareciam ter vida própria. Até mesmo a lembrança do sino da porta causa-me uma tremedeira que não compreendo. De súbito, recordo-me da cena de Ho atirando na nossa lanterna e eu logo em seguida no chão, infartado, com dó de Ayako, mas sem conseguir...

amá-la. Como pode ser possível? Um sentimento como esse desaparecer em questão de segundos? Ser isolado dele por causa de um objeto destruído?! É esquisito demais. Sem contar o brilho anterior ao tiro. O único aviso que me vem à mente é de quando Ayako disse para não tocar nas lanternas orientais. Parece-me que era uma decisão certa, afinal. Uma coisa que antes não passava de teoria, mas que foi bem diferente quando aplicada na prática. Não consigo imaginar o que aconteceria com as outras pessoas, caso mais lanternas fossem afetadas. Lares destruídos? Não gostaria de ter essa responsabilidade.

Todavia, ainda resta a dúvida...

Seria possível amar Ayako sem a existência de nossa lanterna?

Meu âmago parece torturado, enfiado em uma máquina de lavar roupas. Sei que não conseguirei continuar sem saber o que aconteceu. Eu poderia simplesmente telefonar para a loja de luminárias, mas preciso conferir se está tudo bem com Ayako — ou, em outras palavras, *ver para crer*.

A voz de Penken perfura e atravessa minha reflexão:

— Cara, você tá me deixando assustado com esse silêncio repentino. Parece até que trocaram seu cérebro — arrisca. — Não... pensando bem, é impossível...

— É que eu me toquei de uma coisa agora, e você vai me ajudar. Acho que vou aceitar sua proposta de dar um pulo aqui. Você e *sua namorada*.

— Eu e Malu?!

— Sim.

Quando Penken termina de escutar o que eu digo, fala que estou louco, mas se convence de que eu preciso muito de seu auxílio. Além do mais, ele está empolgado porque voltamos a nos falar, sem contar que Malu foi incluída em nossos planos, o que o deixa particularmente feliz.

Eu desligo o telefone.

O que aconteceu com Ayako?

Essa é a parte mais importante, que eu pretendo descobrir logo.

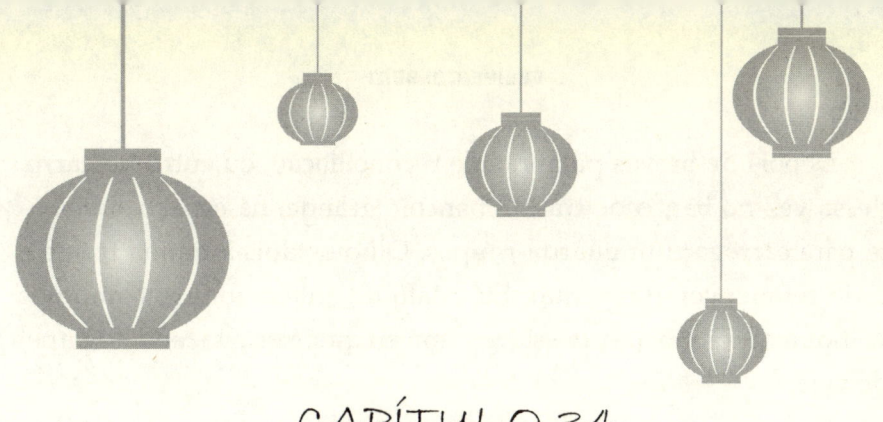

CAPÍTULO 34

Ainda com os movimentos engessados, tomo um banho para me livrar do terrível cheiro de hospital e visto uma de minhas camisetas surradas, o que mais senti falta no período de internação. Também é a primeira vez em vários dias que ninguém me aguarda do lado de fora do banheiro, e sinto-me aliviado com isso. Então escorrego o celular no bolso da calça jeans e abro as portas devagar, do quarto até a rua. Meus pais estão tão cansados e dormem profundamente que não me veem sair de casa.

Alcanço a calçada de pedras irregulares e reencontro na rua a sensação de liberdade que perdi. Piso no chão com máxima atenção. Não quero tropeçar e ter que voltar correndo ao hospital, sei lá. Depois observo o céu, cuja tonalidade não passa de um azul desbotado, pois já é quase fim de tarde. O vento abafado parece diferente, uma brisa suave acaricia meus cabelos úmidos, como se quisesse me confortar por tudo que passei. Mas ele não é capaz de soprar para longe o medo que carrego pelo que encontrarei pela frente. Ou pelo que não encontrarei.

Em instantes, o enorme carro prateado de Malu aponta na esquina. Posso ver Penken no banco do carona. Meus olhos lacrimejam de vergonha por ter sido tão egoísta. Tento controlar minhas emoções antes que o carro estacione e eu entre nele. Os dois saem do veículo e me abraçam como se eu fosse protegido por uma casca de ovo, porque estão inseguros demais para me darem um apertão caloroso.

Depois de breves palavras de reconciliação, eu entro no carro, dessa vez no banco de trás. O banco é grande, há espaço suficiente para carregar um guarda-roupas. Olho os dois à minha frente e tudo retoma como um raio. Eu, Malu e Penken, juntos, como nos velhos tempos. Só que, dessa vez, sou eu quem está fazendo o papel de vela.

Muitas coisas são atualizadas durante nossa conversa, até Penken se manifestar de modo reticente, sentado no banco à frente do meu, com seu enorme nariz que quase toca no vidro dianteiro do carro:

— Seus pais vão ficar loucos quando descobrirem...

Dou de ombros e solto um sorriso de concordância.

— O Dr. Evandro disse que em pouco tempo poderei fazer coisas que antes eram inimagináveis. Se eu estou bem agora, acho que posso me aventurar um pouquinho mais.

— Nunca pensei que fosse vê-lo passar por um transplante de coração. Ainda bem que deu tudo certo — revela Malu. — Se fosse na nossa época, acho que não...

— Ei! — interfere Penken. — É passado, viu?

— Ah, não fique com ciúmes, Kenzinho.

— "Kenzinho"?! — Minha cabeça balança. — "Ken" já era ridículo! Por favor, não repita isso na minha frente! — suplico a Malu, ao mesmo tempo em que percebo que minha depressão está dando um tempo.

— Eu gosto — reclama Penken, acanhado.

— Imagino que sim! Qualquer diminutivo no nome faz o seu nariz parecer menor, não é mesmo? — Dou um tapa no ombro dele.

— Acho que alguém está querendo ir para a Liberdade de metrô...

— Esqueça! Nunca permitirei isso — diz Malu, rindo, e dá um beijo rápido na boca do Penken emburrado, enquanto dirige.

O metrô. Quanta saudade!

Minutos depois, quando chegamos à frente da loja de luminárias, minha respiração se acelera. Em outra época, isso me preocuparia. Hoje, não. Fico feliz de termos chegado antes que ela estivesse fechada. Minha visão periférica não capta nenhum sinal de Ho ou Kong.

Seria insuportavelmente excruciante encontrar qualquer um deles nesse momento tão singular, embora ainda haja possibilidade de tropeçar com Ho dentro da loja. Mas nem mesmo a bicicleta dele está por perto e procuro limpar minha mente disso.

Penken é o primeiro a saltar do carro. Ele abre a porta para mim. Eu saio calmamente, com os movimentos meio travados.

— Você tá legal?

Não, mas faço que sim com a cabeça. Não há nenhuma dor física, só receio. Nos cumprimentamos com um tapa de mão, como nos velhos tempos. Depois eu me aproximo da porta do motorista para agradecer Malu.

— Boa sorte — dita ela. — De verdade.

Malu me dá um beijo na bochecha. Deixo um canto dos meus lábios se levantar em agradecimento. Ela continua linda, e Penken é o beneficiário agora. Estou (mesmo) satisfeito por isso. Então dou o primeiro passo em direção à entrada que fica logo abaixo do letreiro vermelho, mas não consigo capturar a alegria de outrora, quando apareci pela primeira vez aqui.

Eu chego e empurro a porta. Reparo que a sineta não toca.

O objeto não está mais lá.

Não é apenas isso que está diferente. Ao contrário de antes, encontro o velho ojiisan atrás do balcão, sozinho. A aparência dele está melhor do que da última vez que o vi, mas a loja apresenta-se silenciosa, nem mesmo o véu de água que antes descia no objeto decorativo atrás dele está funcionando. Se as lâmpadas, lustres, luminárias, plafons e tudo mais não estivessem à vista, eu diria que entrei no lugar errado. E não vejo nenhum sinal de Ayako.

Meu coração transplantado treme pela primeira vez.

Ojiisan me vê e sai de trás do balcão, surpreso. Arrasta as sandálias quadradas em minha direção. Quando ficamos a menos de um metro de distância, ele me cumprimenta com o habitual curvamento de tórax. Eu tento executar o mesmo, dentro do possível. Seus olhos ancestrais estão lacrimejando, o que é uma surpresa.

Ele se aproxima ainda mais. Segura meus ombros com suas mãos enrugadas e, inesperadamente, encosta a cabeça no meu peito com delicadeza.

Não a cabeça inteira. O ouvido. É isso que ele encosta.

Ele sabe que fiz o transplante. Não é preciso nos comunicarmos em qualquer língua para identificar isso. Por ora, não penso em como ele descobriu, se foi ao hospital atrás de informações. Ele sabe, só isso.

— Ojiisan, eu queria...

Ele desgruda a cabeça do meu peito e faz um sinal atabalhoado com a mão de que não preciso dizer nada. Tenho a impressão de que sou algo totalmente sem movimento, estático como esse lugar. Então ojiisan volta para trás do balcão e recolhe um objeto que reconheço muito bem: a minha mochila velha.

Ele me entrega. Eu abro a mochila e noto a camisa que utilizava na última vez em que estive com Ayako e o tablet solto lá dentro. O tablet com o desenho dela. O mesmo que mostrei a Ayako, antes de dormirmos juntos no chão do porão repleto de lanternas orientais.

Eu mordo o lábio inferior. Agora, é a minha vez de lacrimejar os olhos.

Por que Ayako não está aqui?

Só sei que, qualquer que seja a resposta, talvez eu não goste de escutá-la. Mas não posso recuar, pois foi para isso que vim até este lugar. Apenas não sei como fazer a pergunta para um ancião que não entende nada do que digo.

Para minha surpresa, ojiisan toma a iniciativa e coloca a mão em minhas costas. O que ele pretende que eu faça? É difícil compreender toda essa mímica, mas quando ele me empurra de leve, parece que quer me levar em direção às pequenas cortinas com o dragão desenhado. Ou além delas.

Ele quer que eu desça até o porão com as lanternas?

Oh, não.

CAPÍTULO 35

Ojiisan abre a porta com sua chave. Eu aguardo ele ir na minha frente, mas ele não se mexe. Parece que seu limite é a linha que nos separa dos degraus do porão e, quando percebo, isso só torna meus reflexos piores.

Ele quer que eu entre desacompanhado?

Fico parado por alguns segundos, porém, mesmo que esteja tomado de angústia e acredite que não há nenhum motivo para fazer isso, logo depois obedeço. Avanço sozinho por vários metros, desorientado, sem saber o que fazer. Depois dos primeiros passos, é impossível determinar qualquer indício de onde pisei antes nesse porão, a não ser que um instrumento qualquer me trouxesse as coordenadas de cada centímetro desse lugar. Porém, tão longe, sou atraído pelo brilho de uma lanterna, que parece *pressentir* que estou aqui.

Estranho.

Sem nenhuma outra alternativa, é para lá que eu me encaminho.

Apesar de já ter entrado (e até dormido) nesse porão, a fascinação por esse lugar permanece inflexível. Quando chego à lanterna oriental que me atrai, eu a observo. Como imaginei, não é a mesma que Ayako disse ser nossa. Aquela lanterna foi destruída com o tiro, e não há nenhum traço dela, nem mesmo restos de papéis de seda ou arames no chão. Tudo se desintegrou, como mágica ou ilusionismo. Porém, estou muito próximo de onde nos situávamos. Posso estar enganado, mas tenho quase certeza que a lanterna a poucos centímetros da minha cabeça é a mesma que ficava ao lado da nossa e que pertence a Ho. A Ho e a Ayako.

Por alguns instantes, enquanto andava, cheguei a acreditar que iria encontrar Ayako nesse ponto. Mas, à exceção das milhares lanternas acima de minha cabeça, o porão está vazio. Completamente vazio. Sei que ojiisan está lá em cima, no estabelecimento, mas não há nenhuma explicação para que eu admita e aceite a ausência que preenche meu entorno nesse instante. Porque ela chega embaralhada com outros sentimentos mais pesados: perda, fúria, inabilidade e aflição, tudo ao mesmo tempo, amplificados pela luminosidade extensa desse lugar e que me ataca violentamente.

Talvez eu não precise mais de uma lanterna. Talvez eu tenha perdido toda minha melhor essência assim que retiraram meu coração. Ou talvez tenha acontecido antes disso, quando olhei para Ayako pela última vez, no chão, sem que eu pudesse fazer nada por ela.

Eu fecho os olhos e me recordo do filete de sangue embaixo de sua cabeça. Sinto um aperto de pânico no estômago. Ajoelho-me no chão e começo a chorar. As lágrimas caem pesadas e molham o piso árido do porão, sem que eu as controle.

Ah, Ayako!

Se eu não tivesse sido tão incapaz, tudo estaria diferente.

Muitas pessoas ficam insatisfeitas e desejam que suas vidas mudem em um instante. Já eu, apesar de todas as complicações que me afligiam, gostaria de nunca tê-la mudado. Se para continuar ao lado de Ayako eu precisasse manter meu coração defeituoso e sob risco de morte, permaneceria deitado nos trilhos do trem quanto tempo mais fosse necessário.

Tudo que eu quero é minha vida de volta.

Tudo que eu quero é minha Ayako.

Minha verdadeira lanterna.

E daí, vem a contradição.

Eu abro os olhos e levanto meu rosto úmido. A lanterna de Ho brilha de forma tão estimulante que minhas lágrimas secam devagar.

Recordo-me bem do lapso no tempo em que senti meu amor por Ayako ficar desaparecido, mais especificamente logo após o tiro disparado por Ho e que destruiu a lanterna. Tudo feito sem que existisse controle dos meus sentidos. Tenho certeza de que, quando estava no chão, não havia nada além de remorso pelas condições físicas dela. E, se isso aconteceu, como posso sofrer tanto pela perda de Ayako agora?

Eu ergo meu corpo, incapaz de compreender o significado disso tudo. Quero muito encontrar a resposta, mas é insuficiente, pois essas lanternas não se comunicam de outra forma além dos reflexos de suas luzes. Elas nem mesmo me mostram uma saída. É quando me toco que, nesse ambiente, não são elas que são estranhas. Sou eu. Porque não há nada parecido comigo aqui dentro. Nada capaz de alimentar um som, uma voz. Um sopro.

Até que...

— Leonardo...

O silêncio arrebatador é despedaçado. Eu me viro tão rápido que esqueço de que sou um recém-operado, saído de um hospital há menos de um dia. E quase não acredito.

Ayako apresenta-se à minha frente, utilizando um colar cervical. Seu rosto está pálido e com olheiras pesadas, como se os últimos dias dela tivessem sido tão difíceis quanto os meus. Uma culpa recai sobre meus ombros. Apesar disso, fico feliz, pois ela está viva.

Eu quero desesperadamente abraçá-la, mas meus braços não correspondem. E eu não consigo imaginar nada mais denso do que o alívio que sinto nesse instante.

— Ayako! O que aconteceu com você? — pergunto.

O rosto dela está iluminado pelas lanternas. Ela desvia os olhos e abraça o próprio tórax com rigidez. Sinto como se eu fosse cortado por dentro por uma lâmina. Mas, logo em seguida, ela respira fundo e olha para mim.

— Eu estou bem, Leonardo. O colar cervical é para não correr riscos. Tive uma lesão na segunda vértebra, mas já está calcificada. E também um leve corte na cabeça, mas a queda não produziu mais do que isso.

— Ayako, eu sinto muito...

Ela faz sinal para que eu não continue.

— Não foi nossa culpa, Leonardo. Eu passei os últimos dias me responsabilizando por tudo o que aconteceu, mas não posso levar isso adiante. Mais do que nunca, assim como quando perdi meus pais, tenho recebido orientações de ojiisan. O que Ho fez foi apenas um reflexo de todas as forças negativas que não percebemos antes. Ele era apenas um espelho.

— Era? Onde está ele?

Uma única lágrima escorre em seu rosto.

— Kong ajudou Ho a fugir de carro. — A voz dela ressurge asfixiada. — Mas eles sofreram um acidente muito sério. Kong teve morte imediata. Já Ho foi levado desfalecido para o hospital. Lá, eles decretaram sua morte cerebral.

As lanternas acima de minha cabeça parecem girar em um vórtice.

— Morte...

— O mesmo hospital, Leonardo. No mesmo dia em que todos nós estivemos. Mais uma pessoa próxima de mim que morre num acidente automobilístico.

— Mas essa lanterna oriental... — Eu aponto para a que está logo acima de nós. — Ela... ela...

Outras lágrimas surgem e descem pelas bochechas de Ayako, criando caminhos reluzentes.

— Essa é a *nossa* lanterna agora, Leonardo. Ela continua brilhando porque Ho doou ela a você. A nós dois.

— Então... é por isso... que eu...

Deixo as palavras escapulirem como um balbucio. Meu cérebro, porém, trabalha de forma distinta, atordoado por uma cachoeira de pensamentos velozes.

A morte cerebral de Ho. O hospital. Nossos portes físicos semelhantes. O transplante iminente. E ojiisan, agora há pouco, abraçando-me emocionado.

Se faço parte dessa lanterna agora, talvez isso explique o brilho que me fez segui-la.

Eu coloco a mão no peito, como se pudesse tocar meu próprio coração. Finalmente consigo me reconfortar com ele.

Ayako limpa o rosto e diz:

— Como tutor de Ho, ojiisan tomou a decisão mais difícil de toda a vida dele. Mas ele se consolará a cada dia.

— E nós?

— Eu não sei, Leonardo.

Procuro forças para dizer as palavras que preciso expor:

— Quando você me trouxe aqui pela primeira vez, percebi sua coragem em querer revelar tudo que revelou. Foi difícil assimilar aquela história, mas agora eu acredito. Não há nada que evidencie mais o nosso amor do que essa lanterna acima de nós dois.

— Eu...

— Quando uma delas brilha, ela quer dizer algo, não é? E ela está brilhando intensamente, como nunca vi antes! — Eu aponto para o alto. — O fato é que depois do que acabou de me contar, parece que fomos presenteados com uma nova chance. Uma nova chance para continuarmos a nos amar, a viver. E se você ainda precisa de uma prova de que eu a amo, por favor, Ayako, olhe para a lanterna. Depois, olhe para mim.

— Eu a olhei, Leonardo. Durante muitos dias. Quase cheguei a tocá-la.

— Por quê? Você disse uma vez que...

— Para tentar sentir você de novo, mesmo que por um segundo. Como na primeira vez, dentro do...

— Metrô.

Um passo para frente é o que basta para eu conseguir abraçar Ayako. Rendida, suas mãos deslizam e apoiam suavemente em meu tórax. Seu rosto junta-se a elas. Ela está encolhida, como se precisasse desse resguardo mais do que a própria existência. E me diz, baixinho, sua voz ressoando no meu peito:

— Rezar à primeira estrela / Acabou se tornando meu hábito / Olho para o céu do entardecer / Procurando você, no meu coração.

Ayako não precisa me explicar. Da forma melódica como se expressou, é um dos refrãos da música que escutei em seus fones de ouvido.

Chega! O sofrimento precisa ficar para trás. Essa história precisa ficar para trás. Eu pretendo muito protegê-la a partir de agora, mas, na verdade, acho que é a frágil lanterna oriental acima de nossas cabeças que protege nós dois. Melhor, materializa e protege o que é mais importante: o nosso verdadeiro amor.

Eu me curvo para beijar minha doce Ayako. E, assim que nossos lábios se tocam, eu me dou conta outra vez de que há instantes em que é preciso voltar ao início.

Não aquele.

Esse.

CAPÍTULO 36

Existem poucos momentos na vida em que conseguimos juntar aqueles que mais amamos. Para minha sorte, estou em um deles.

Hoje é um dia especial, a sétima noite do sétimo mês do ano. Meu aniversário foi há poucos dias. Nesse momento, eu e Ayako somos iluminados pelas luzes dos postes da Liberdade e das barracas que adornam a praça principal do bairro. Meus pais nos acompanham, um pouco mais distantes, de mãos dadas enquanto observam felizes toda a celebração que as pessoas fazem ao nosso redor. Penken e Malu estão bem próximos, atentos ao conjunto de atrações culturais que incluem músicas, danças japonesas, taikô, cerimônias xintoístas e outros, e que envolvem nosso pequeno grupo. A razão é que hoje é dia do Tanabata Matsuri, evento comemorativo de origem japonesa que consome as ruas ao nosso entorno. O convite de Ayako pareceu irrecusável a todos nós, em especial ao meu amigo Penken que, digamos, tornou-se um pouco mais *sensível* depois que passou a namorar Malu.

Ah, Penken! Nunca mais foi o mesmo, nem implica com as minhas camisetas. E eu que me preocupei tanto com sua mudança. Só que, quem diria, ele ficou melhor que antes.

Quanto a mim, estou sendo apresentado a algumas dessas atrações pela primeira vez. Já se passou algum tempo desde a minha cirurgia — e, impossível não recordar, dos últimos eventos que marcaram a vida de Ayako, como a perda de Ho. Mas com os ensinamentos de ojiisan, minha amada procura não focar em tristezas ou arrependimentos, e eu faço o máximo para colaborar com ela. Eu e o coração que outrora ocupou a loja de luminárias, no corpo de outra pessoa. Nossa promessa é de nos mantermos sempre por perto, independentemente do que vá acontecer daqui para frente.

É inevitável pensar nisso e não lembrar das brilhantes lanternas orientais. Nesse instante eu gostaria muito de olhar para elas, porque, de uma forma ou de outra, elas fazem parte disso tudo, dessas pessoas que festejam na Liberdade, mas evito voltar ao porão. Prefiro preservar o segredo e deixar os cuidados essenciais por conta de ojiisan e Ayako, que continuam a protegê-las como antes. Aliás, ojiisan está incumbido da tarefa nesse exato instante, depois que finalmente levei meus pais à loja de luminárias e apresentei-os ao meu salvador. Foi tudo muito divertido: meu enorme pai tentando se curvar para cumprimentar ojiisan no mesmo nível que ele e minha mãe se comunicava através de mímicas. Cenas que não esquecerei jamais e que, espero, repitam-se muitas e muitas vezes, pois, se depender de mim e Ayako, seremos todos da mesma família algum dia. Da minha parte, nunca contei aos meus pais o que havia abaixo dos pés deles no estabelecimento e sei que nunca contarei. Eles nem mesmo desconfiam que o coração que me deu nova vida pertenceu ao rapaz chinês que hoje ocupa um espaço da parede da loja de luminárias através de uma fotografia recente. Para mim, basta saber que não precisarão mais se preocupar com um filho doente ou o que acontecerá com ele no dia de amanhã. Eles merecem isso. Além do mais, acho que seria difícil acreditarem (como foi para mim um dia), mesmo com a estupenda visão que aquelas lanternas conseguem produzir em um lugar tão insólito.

Um enorme dragão oriental alegórico contorna a rua, empunhado por uma dúzia de pessoas. Enquanto isso, eu e Ayako estamos próximo aos bambus onde as pessoas penduram seus bilhetes coloridos com pedidos, os famosos tanzaku. Nós acabamos de preencher e prender os nossos. Escolhemos o papel de cor rosa, que significa amor. Penken e Malu escolheram o vermelho, da paixão.

Para Continuar

Fico um tempo abraçado a Ayako, observando nossos papéis saracoteando por causa do vento frio. Diz a lenda que esse simbolismo começou com o amor de dois jovens, movidos por uma paixão tão intensa que deixaram seus afazeres de lado. Castigados, ambos foram transformados em estrelas e separados pela Via Láctea. Comovido pela tristeza do casal, o Senhor Celestial permite, a cada ano, um único encontro entre eles. E, por causa disso, ao final do dia de hoje, nossos bilhetes serão queimados para que os pedidos cheguem até essas estrelas. E não iremos embora até que esse momento aconteça.

Qual foi o meu pedido?

É algo que guardarei em segredo.

Pode ser que um dia eu revele a alguém, mas ainda não sei se acontecerá. Até porque não há muitos outros desejos em minha vida, além de tudo que se deu até agora. Prefiro viver cada dia de uma vez. Também não sei qual o pedido que Ayako enviará para o céu quando nossos bilhetes se desfizerem em cinzas, mas desconfio que tem algo a ver com que nossa lanterna nunca se apague.

Só que, se for isso, creio que ela desperdiçou um desejo.

Mas não digo nada, apenas sorrio. Porque tenho absoluta certeza...

Seria impossível.